Lektüre zwischen den Jahren

ERMUTIGUNG

AUSGEWÄHLT VON
RAINER WEISS

SUHRKAMP VERLAG

Umschlagabbildung:
Rupprecht Geiger. Rotbild 1961.
Städtische Galerie im Lenbachhaus,
München.

Quellenhinweise am Schluß des Bandes
Druck: Wagner GmbH, Nördlingen
Printed in Germany
ISBN 3-518-40600-0

Den Glauben, daß uns kein Glück oder
Unglück geschieht, dem wir nicht einen Sinn
und eine Wendung ins Wertvolle geben
können, den habe ich heute wie immer und
gebe ihn weder für mich noch für andre auf.

Hermann Hesse

Keinen verderben zu lassen, auch nicht
sich selber
Jeden mit Glück zu erfüllen, auch sich, das
Ist gut.

Bertolt Brecht

I
Ermutigung:

gelassen und heiter zu sein – und manchmal auch zu schweigen

Es kommt kein Glück auf Erden dem gleich,
welches ein schöner und fruchtbarer Geist
zur glücklichen Stunde in sich selbst findet.

Arthur Schopenhauer

Der Greifensee

Es ist ein frischer Morgen und ich fange an, von der großen Stadt und dem großen bekannten See aus nach dem kleinen, fast unbekannten See zu marschieren. Auf dem Weg begegnet mir nichts als alles das, was einem gewöhnlichen Menschen auf gewöhnlichem Wege begegnen kann. Ich sage ein paar fleißigen Schnittern »guten Tag«, das ist alles; ich betrachte mit Aufmerksamkeit die lieben Blumen, das ist wieder alles; ich fange gemütlich an, mit mir zu plaudern, das ist noch einmal alles. Ich achte auf keine landschaftliche Besonderheit, denn ich gehe und denke, daß es hier nichts Besonderes mehr für mich gibt. Und ich gehe so, und wie ich so gehe, habe ich schon das erste Dorf hinter mir, mit den breiten großen Häusern, mit den Gärten, welche zum Ruhen und Vergessen einladen, mit den Brunnen, welche platschen, mit den schönen Bäumen, Höfen, Wirtschaften und anderem, dessen ich mich in diesem vergeßlichen Augenblick nicht mehr erinnere. Ich gehe immer weiter und werde zuerst wieder aufmerksam, wie der See über grünem Laub und über stillen Tannenspitzen hervorschimmert; ich denke, das ist mein See, zu dem ich gehen muß, zu dem es mich hinzieht. Auf welche Weise es mich zieht, und warum es mich zieht, wird der geneigte Leser selber wissen, wenn er das Interesse hat, meiner Beschreibung weiter zu folgen, welche sich erlaubt, über Wege, Wiesen, Wald, Waldbach und Feld zu springen bis an den kleinen See selbst, wo sie stehen bleibt mit mir und sich nicht genug über die unerwartete, nur heimlich geahnte Schönheit desselben verwundern kann. Lassen wir sie doch in ihrer althergebrachten Überschwenglichkeit selber sprechen: Es ist eine weiße, weite Stille, die wieder von grüner luftiger Stille umgrenzt wird; es ist See und umschließender Wald; es ist Himmel, und zwar so lichtblauer, halbbetrübter Himmel; es ist Wasser, und zwar so dem Himmel ähnliches Wasser, daß es nur der Himmel und jener nur blaues Wasser sein kann; es ist süße blaue warme Stille und Morgen; ein schöner, schöner Morgen. Ich komme zu keinen Worten, obgleich mir ist, als mache ich schon zu viel Worte. Ich weiß nicht, wovon ich reden soll; denn es ist alles so schön, so alles der bloßen Schönheit wegen da. Die Sonne brennt herab vom Himmel in den See, der ganz wie Sonne wird, in welcher die schläfrigen Schatten des umrahmenden Lebens leise sich wiegen. Es ist keine Störung da, alles lieblich in der schärfsten Nähe, in der unbestimmtesten Ferne; alle Farben dieser Welt spielen zusammen und sind eine entzückte, entzückende Morgenwelt. Ganz bescheiden ragen die hohen Appenzellerberge in der Weite, sind kein kalter Mißton, nein, scheinen nur ein hohes, fernes, verschwommenes Grün zu sein, welches zu dem Grün gehört, das in aller Umgebung so herrlich, so sanft ist. O wie sanft, wie still, wie unberührt ist diese Umgebung, wird durch sie dieser kleine, fast ungenannte See, ist selber also so still, so sanft, so unberührt. – Auf eine solche Weise spricht die Beschreibung, wahrlich: eine begeisterte, hingerissene Beschreibung. Und was soll ich noch sagen? Ich müßte sprechen wie sie, wenn ich noch einmal anfangen müßte, denn es ist ganz und gar die Beschreibung meines Herzens. Auf dem ganzen See sehe ich nur eine Ente, welche hin und her schwimmt. Schnell ziehe ich meine Kleider aus und tu wie die Ente; ich schwimme mit größter Fröhlichkeit weit hinaus, bis meine Brust arbeiten muß, die Arme müde und die Beine steif werden. Welch eine Lust ist es, sich aus lauter Fröhlichkeit abzuarbeiten! Der eben beschriebene, mit viel zu wenig Herzlichkeit beschriebene Himmel ist über mir, und unter mir ist eine süße, stille Tiefe; und ich arbeite mich mit ängstlicher, beklemmter Brust über der Tiefe wieder ans Land, wo ich zittere und lache und nicht atmen, fast nicht atmen kann. Das alte Schloß Greifensee grüßt herüber, aber es ist mir jetzt gar nicht um die historische Erinnerung zu tun; ich freue mich vielmehr auf einen Abend, auf eine Nacht, die ich hier am gleichen Ort zubringen werde, und sinne hin und her, wie es an dem kleinen See sein wird, wenn das letzte Taglicht über seiner Fläche schwebt, oder wie es sein wird hier, wenn unzählige Sterne oben schweben – und ich schwimme wieder hinaus. –

ROBERT WALSER

Was gibt uns denn noch Aufschwung

Was gibt uns denn noch Aufschwung hier; vielleicht ein Kinderblick, die alt gewordene Wange des Freundes, das Aufleuchten eines fremden Fensters, und innen die fremden, aber geliebten Möbel und Bilder, die Stimmung in diesem plötzlich, wie auf eine dringende Bitte hin, sich enthüllenden Fenster; seltener Worte; Worte sagen nicht viel, aber ein Blick, der feuchte Rand eines Lids, der halbgeöffnete Mund, schon zum Sagen bereit, aber wieder sich schließend; denn manches sagt sich nicht. Es ist zuviel gesagt worden, und die Worte haben viel verloren von ihrem Sinn. Was denn gibt dem Hiersein noch Wesen; eine Hand, die liebt; das Lächeln aus den Augen der Mutter; das wortlose Lieben des Vaters; der sanfte sanftmütige Blick des traurig liebenden Mannes; die seltsamen Wolken am Abendhimmel: rot, grün, gezähnt, gehaucht, kalt.

FRIEDERIKE MAYRÖCKER

Der Olivenbaum im Garten Gethsemane

Vor zweitausend Jahren schon,
heißt es, hat er gesehn,
war er, was war denn,
so sag doch, wach auf.

Dunkler Winkel deines Gartens
Festung deines Herrn
Vorhof seiner Gegenwart

Nach zweitausend Jahren noch
ein grünes Blatt das wacht.
Ein Schein ein Licht ein Leuchten
ein Morgen- und ein Abendmal.

ELISABETH BORCHERS

Darauf, nach einer langen Pause, der Spieler: »Meine Eltern sind schon lange tot. Aber jeder von ihnen ist mir mit einem besonderen Bild im Gedächtnis geblieben. Obwohl ich sie danach wohl noch öfter gesehen habe, kommt es mir vor, als seien diese Bilder ihre letzten. Meine Mutter begegnet mir da, wie sie auf einem steilen Fußweg, beladen mit Einkaufstaschen, heimwärts geht. Sie ist allein weit und breit, und schleppt sich mühsam bergauf, nicht nur wegen der Sachen. Sie bemerkt mich zunächst nicht und hat ein fremdes Gesicht, ein bißchen wie das eines Mannes. Zum ersten Mal sehe ich sie so, wie sie ist. Wie ist sie? Eine Verlassene, ausgestoßen aus der Gemeinschaft der Menschen, wund vor Einsamkeit, vor den aufgerissenen Augen, die auf dem ganzen Weg trotz der Sonne nicht geblinzelt haben, den Tod. Sie ändert ihren Ausdruck auch nicht, als sie mich dann erkennt; weder zeigt sie sich überrascht noch gar erfreut; sie *will* sich jetzt nicht verstellen, das ist jetzt ihre Kraft, und mit dieser Kraft der Verzweiflung läßt sie jetzt von unten herauf einen kurzen verächtlichen Blick los auf den, der ihretwegen ihr ewig entgegengehen und trotzdem nicht ihr Kind ist, und ist schon stumm an ihm vorbei. – Mein Vater sitzt auf einer kleinen Lichtung, tief in den Wäldern, wohin wir zu zweit aufgebrochen sind, um Blaubeeren zu sammeln. Er sitzt dort im Gras, zwischen mehreren sich schneidenden Wegen, an ein Holzkreuz gelehnt, die Beine von sich gestreckt. Obwohl er noch nicht alt ist, und im Gehen geübt, hat er auf einmal vor Mattigkeit nicht mehr weiterkönnen. Er will nicht, daß ich bei ihm bleibe, und fordert mich auf, allein zu suchen.

Er hat dabei die Hände auf den Bauch gelegt, seine Stimme, mit der er sagt: Bitte, geh!, hat tatsächlich den Ton einer Bitte, und wenn seine Augen schräggestellt sind, so ist das nicht nur ein Ausdruck des Schmerzes, sondern zugleich ein Lossprechen und Freigeben. Auch wenn ich jetzt sterbensmatt bin – geh du ruhig weg, mein Kind, ich, dein Vater, bin vorerst noch hier und warte auf dich. – In diesen beiden Bildern sind mir meine Eltern lebendig geblieben. Sooft ich, ob wirklich oder in der Vorstellung, an jenem Steilpfad stehe, stapft dort die Mutter, durch mich hindurchschauend, in ihrer heiligen Verzweiflung, und sooft ich an jenem Grasdreieck mitten im Wald vorbeikomme, blickt mir der Vater dort über die Schultern nach in seiner heiligen Müdigkeit. – Aber heute brauchte ich dazu weder den besonderen Pfad noch die besondere Lichtung: wo immer ich ging, war auch die Mutter oder der Vater. Aus ihren zwei Gedächtnisbildern herausgetreten, begegneten sie mir draußen in der Luft, Lichterscheinungen, die rein aus Blicken bestanden. Gerade in der Menschenleere heute fühlte ich mich in einem fort von den Eltern erblickt und betrachtet. Und die Blicke kamen nicht nur von den Eltern – alle, alle waren da! Alle Vorfahren waren da und schauten mir zu, wie ich durch das entvölkerte Land ging; eine ganze, weitverzweigte Sippe, von der ich bisher nichts gewußt hatte, konnte mich da gehen sehen. Und auch mir kommt es vor, als hätte ich an dem heutigen Tag mehrere verschiedene Tage durchlebt, so wechselhaft war die Geschichte der Blicke: Abscheu, sich in Staunen verwandelnd, sich in Nachsicht verwandelnd, sich in Gutheißung verwandelnd, sich in Einverständnis verwandelnd, sich in Verbundenheit verwandelnd – bis am Ende des langen Tages der Blick der Ahnen eins mit dem meinen war und überging auf etwas Drittes, eine Stimme, welche, so wie sie mich Vater und Mutter endlich betrauern ließ, auch mich erstmals in meinen fünfzig Jahren auf Erden willkommen hieß, und zugleich mich aufrief, mich um jemanden zu kümmern, für ihn zu sorgen, etwas für ihn zu tun, alles für ihn zu tun, im Augenblick, jetzt! So möchte ich lebenslang unterwegs sein.«

PETER HANDKE

Gelassene Natur

Was kümmert dich, Natur,
Des Menschen Los?
Du hegst und achtest nur
Die Frucht im Schoß.

Nicht störet deine Ruh
Der Lärm der Schlacht;
Nicht weinst und wachest du
Mit dem, der wacht.

Dein Ohr vernimmt es kaum
Das bittre Weh.
Es blüht dein Blütenbaum
So schön wie je.

Manch armer Leib verwest
Lebendig tot,
Indessen du begehst
Das Abendrot

Dir kann es gleichviel sein,
Wer wen erschlug;
Wir gehen in dich ein,
Das ist genug.

MARIE LUISE KASCHNITZ

»Man muß nicht alles wissen.«

Sie war in ihrer Jugend aus Warschau gekommen, um auf dem Skopusberg alte Geschichte zu studieren, nach knapp einem Jahr aber an Land und Sprache verzweifelt. Ihre ältere Schwester Nyuta in New York hatte ihr daraufhin eine Schiffskarte für die *Aurora* von Haifa nach Amerika geschickt. Wenige Tage vor dem Reisetermin machte Dr. Ruppin sie mit Vater bekannt, zeigte ihm die hübschen Aquarelle, die sie gemalt hatte, und drückte auf deutsch seine Trauer darüber aus, daß auch diese Dame uns verlassen wolle, daß auch sie das Land unerträglich finde und nun vor lauter Enttäuschung nach Amerika fahre.

Hans Kipnis betrachtete einige Minuten die Aquarelle, sah dabei plötzlich wieder den einsamen deutschen Vogelkundler vor sich, mit dem er bis an die Jordanquellen gewandert war, berührte mit zarten Fingern den Rand eins der Bilder, zog sie aber rasch wieder zurück und sagte etwas von Einsamkeit und Träumen im allgemeinen und in Jerusalem im besonderen.

Mutter lächelte ihn an, als habe er unabsichtlich eine teure Vase zerbrochen.

Vater entschuldigte sich verlegen und verstummte.

Dr. Ruppin hatte zwei Karten für ein Kammerkonzert, das ein neues Flüchtlingsorchester an jenem Abend gab. Mit Vergnügen verzichtete er jedoch zugunsten des jungen Paares: Er könne sowieso nicht hingehen, denn Menachem Ussischkin sei vor ein, zwei Tagen überraschend wieder im Lande eingetroffen und habe in altgewohnter

Hektik gleich eine dringende Beratung für diesen Abend angesetzt.

Nach dem Konzert schlenderten sie noch ein wenig durch die Princess-Mary-Straße. Die Schaufenster waren dekoriert und erleuchtet, und in einem verbeugte sich ein automatisches Püppchen. Einen Augenblick glich Jerusalem einer echten Stadt. Herren und Damen gingen eingehakt spazieren, einige der Herren rauchten Zigaretten durch kurze Spitzen.

Ein Bus hielt neben ihnen, und der kurzbehoste Fahrer sagte lächelnd: »Bittesehr.« Aber sie wollten nicht mitfahren. Ein Militärjeep mit aufmontiertem Maschinengewehr jagte die Straße hinunter. In der Ferne läutete eine Glocke. Die beiden meinten einstimmig, daß über der Stadt Jerusalem irgendein schwerer Bann liege. Später vereinbarten sie, sich am nächsten Abend wieder zu treffen und gemeinsam Erdbeereis im Café *Sichel* zu essen.

Am Nachbartisch saßen der Philosoph Buber und der Schriftsteller Agnon, und da sie unterschiedlicher Meinung waren, schlug Agnon scherzhaft vor, die Jugend zu befragen. Vater äußerte also etwas. Es muß eine scharfsinnige, feinfühlige Bemerkung gewesen sein, denn Buber und Agnon lachten beide und machten auch seiner Begleiterin charmant Komplimente. In diesem Augenblick leuchteten Vaters blaue Augen vielleicht hinter den runden Brillengläsern, und Wehmut umspielte seine Lippen.

Neunzehn Tage später verkündeten die Nazis öffentlich ihre Absicht, die Wehrmacht auszubauen. In Europa herrschte Spannung. Die *Aurora* lief niemals in Haifa ein, sondern nahm Kurs auf die Antillen.

Vater verabredete sich mit seinem Landsmann, Professor Julius Wertheimer, der ihn in Erez Israel von Anfang an unter seine Fittiche genommen hatte. Wünschte den alten Gelehrten in einer Privatangelegenheit zu sprechen. Verlegen, schuldbewußt und stur, wie er war, tat er sich schwer mit dem Reden. Professor Wertheimer lauschte Vaters Worten mit stiller Besorgnis. Dann scheuchte er seine Katzen aus dem Zimmer und machte die Tür hinter ihnen zu. Als die beiden allein waren, warnte der Professor ihn behutsam, sich in seinem Privatleben nicht etwa in Widersprüche zu verstricken. Und gerade diese Worte vermittelten Vater die Gewißheit, daß ihm endlich Liebe widerfahren war.

Ruth und Hans heirateten in Jerusalem an dem Tag, an dem Hitler in Nürnberg verkündete, er strebe Frieden und Verständigung an und verabscheue den Krieg. Zur Hochzeit geladen waren Beamte des Veterinäramts, darunter zwei christliche Araber aus Bethlehem, Familie Ruppin, Flüchtlinge und Pioniere, ein paar Nachbarn aus Tel Arsa und ein magerer, revolutionär eingestellter Student vom Skopusberg, der seine glühenden Augen nicht von der schönen Braut abwenden konnte. Er verkündete in aller Namen die Glückwunschadresse, wobei er verhieß, daß die Gerechtigkeit am Ende siegen werde und wir das noch mit eigenen Augen sehen würden. Doch alsbald ruinierte er den Eindruck, den seine Worte hinterlassen hatten, da er sich an einer einzigen Flasche *Nescher*-Bier fast vollständig betrank und Bräutigam und

Braut mit *Burschoi* beziehungsweise *Artistka* titulierte. Nachdem die Gäste gegangen waren, bestellte Vater ein Taxi, um Mutters Habseligkeiten von ihrem Zimmer in Newe Scha'anan in das Haus zu bringen, das er nun schon seit Jahren in Tel Arsa pflegte und herrichtete. Dort in Tel Arsa, in einem kleinen Steinhaus mit Blick auf Wadis und Felsgestein, wurde ihnen ein Jahr später ein blonder Junge geboren.

Als Mutter und Kind aus der Klinik heimkamen, machte Vater eine ausladende Handbewegung, überschaute begeistert seinen kleinen Besitz und sagte: »Noch ist dies ein abgelegener Vorort. In unserem Garten sprießen nur kleine Schößlinge. Den ganzen Tag prallt die Sonne auf die Fensterläden. Aber im Lauf der Zeit werden die Bäume wachsen und uns viel Schatten spenden. Die Zweige werden sich über das Haus breiten. Kletterpflanzen werden bis zum Dach hinauf ranken und auch den Zaun überwuchern. Passionsblumen werden blühen. Ein lauschiges Eckchen werden wir hier haben, wenn Hillel mal groß ist und wir gemeinsam altern. Wir bauen eine Weinlaube, in der du im Sommer den ganzen Tag sitzen und hübsche Aquarelle malen kannst. Vielleicht haben wir dann auch ein Klavier. Man wird ein Kulturhaus bauen, die Straße pflastern, den Ort mit der Stadt verbinden, und in Jerusalem wird eine hebräische Regierung mit einer hebräischen Armee sitzen. Dr. Ruppin wird Minister werden und Professor Buber Präsident oder gar König. Vielleicht leite ich eines Tages die oberste Veterinärbehörde. Und aus allen Ländern werden Einwanderer kommen.«

Plötzlich schämte er sich jedoch dieser Rede, bedauerte besonders einige Worte, die er benutzt hatte. Jähe Trauer zitterte ihm um die Lippen, als er hastig in sachlichem Ton anfügte: »Poesie. Philosophie. Lauschiges Eckchen mit Weinlaube auf einmal. Jetzt werde ich einen Block Eis holen, und du legst dich hin und ruhst dich aus, damit du am Abend nicht wieder Migräne hast. So eine Hitze.«

Mutter ging auf die Haustür zu. An den Verandastufen hielt sie inne, blickte zutiefst mitleidsvoll auf die rostigen Kanister mit Geranienstengeln und sagte: »Es werden keine Passionsblumen blühen. Es gibt eine Überschwemmung. Oder einen Krieg. Alle werden sterben.«

Vater erwiderte nichts, da er spürte, daß diese Worte nicht ihm galten und keinesfalls hätten gesagt werden dürfen.

Seine kurzen Khakihosen reichten ihm fast bis an die Knie. Zwischen Knien und Sandalen zeigten sich magere, glatte, braungebrannte Beine. Durch die runden Brillengläser war ein Blick voll ständiger Dankbarkeit oder milder freudiger Überrraschung zu erkennen. Und in Augenblicken der Verlegenheit sagte er meist: »Ich weiß nicht. Man muß nicht alles wissen. Es gibt alle möglichen Dinge auf der Welt, die man einfach besser auf sich beruhen läßt.«

AMOS OZ

In höheren Lagen gewittrige Störungen

Von den Kalkalpen aus betrachtet
allerhand, diese Gegebenheiten,
die von mir absehen, nicht aber umgekehrt.
Mikro und Makro, von der Darmflora
bis zu den Galaxien, so weit
das Auge reicht und noch viel weiter.

Überwältigend, obwohl
die Einzelheiten mir unbekannt sind,
z. B. was der Blitz ist, keine Ahnung,
vom Abrakadabra der Physiker
verstehe ich nichts, ganz zu schweigen
vom Irrereden der Philosophen.

Ungleiche Ladungsverteilung,
homöopolare Bindungen,
Bifurkation – die Botschaft
hör ich wohl, aber ein Wolkenbruch
ist noch was anderes.

Ich bade in einem Gewitter
von Unwissenheit. Erfrischend.
Vom Sein des Seienden
kann man das kaum behaupten.
Das Unerforschliche ruhig verehren –
einverstanden, aber es fiele mir leichter,
wenn die Koryphäen die Klappe hielten.

Was der Berg ist, weiß ich nicht zu sagen.
Aber ich sitze auf dem Berg.
Für den Blitz bin ich entbehrlich.
Er ist mir gegeben.
Das genügt.

HANS MAGNUS ENZENSBERGER

Lob der Heiterkeit

Nichts ist seines Lohns sicherer als die *Heiterkeit*: denn bei ihr ist Lohn und That Eines. Nichts kann so wie sie jedes andre Gut sicher und reichlich ersetzen. Ist Einer reich, jung, schön, geehrt; so frägt sichs ob er dabei *heiter* ist, wenn man sein Glück beurtheilen will: umgekehrt aber ist er heiter, so ists einerlei ob er jung, alt, arm, reich sei: er ist glücklich. – Wir sollen daher der Heiterkeit, wann immer sie kommen will, Thür und Thor öffnen. Denn sie kommt nie zur unrechten Zeit: statt daß wir oft Bedenken tragen, ihr Eingang zu gestatten, indem wir uns erst bedenken wollen, ob wir auch Ursach haben heiter zu seyn, oder damit sie uns nicht von unsern ernsthaften Ueberlegungen und schweren Sorgen abziehe. Was wir durch diese bessern ist sehr ungewiß: hingegen ist Heiterkeit der sicherste Gewinn: und weil sie ihren Werth allein für die Gegenwart hat, so ist sie das höchste Gut für Wesen, deren Wirklichkeit die Form einer untheilbaren Gegenwart zwischen 2 unendlichen Zeiten hat. Ist also Heiterkeit das Gut, welches alle andern ersetzen, selbst aber durch keines ersetzt werden kann; so sollten wir die Erwerbung dieses Guts jedem andern Trachten vorsetzen.

ARTHUR SCHOPENHAUER

Für das, was nun folgt, kann ich mich nur schämen, und sei es bloß wegen meines Alters. Denn Männer meines Alters sitzen nachts nicht in leeren Klassenzimmern. Ich hatte die letzten Sätze aufgeschrieben und mich danach mühsam aus der Bank gequält. Auf einmal überkam mich die Vorstellung, die Ferien seien vorbei, eine grölende Klasse stürme herein und finde mich hier als Eindringling vor, wie einer, der durch das Wachstum seiner Knochen, durch das überall obszöne Anschwellen seines Fleisches, durch das Haar, das aus seinem Gesicht wächst, und den Gestank der Ducados das Recht verloren hat, sich im Territorium der Kinder aufzuhalten, es aber trotzdem will, ein Schänder.

Sie würden hereinkommen und mich als einen schon vom Alter Infizierten entlarven, der vielleicht schon ein bißchen nach Tod riecht und der dennoch, oder vielleicht gerade deshalb, in einer Welt leben will, in der die gemeinen Regeln der Älteren noch nicht gelten, in der das Dasein noch keine Geschichte ist, die stimmt, eine Welt, in der alles noch geschehen muß, und die, weil es sich noch nicht ereignet hat, noch alle Formen annehmen kann, ganz einfach, weil sie noch nicht wie die meine fertig war.

Sie würden grölend hereinstürzen, mich mit meinem viel zu großen, vollgeschriebenen Schulheft sehen, das mir niemand abverlangt hat, sie würden den Betrug, die Lüge wittern und auf einmal ganz still werden, all die klaren Augen würden mich mit der Abneigung ansehen, die das Unmögliche nun einmal hervorruft. Sie würden nicht einmal lachen, sie würden langsam hinausgehen und einen anderen Erwachsenen holen, einen aus meiner eigenen, entschiedenen Welt, wo sich niemand abends an dein Bett setzt, um dir eine Geschichte zu erzählen, wenn du darum bittest, wo niemand einfach so eine Sonne malt mit viel zu langen Strahlen über einem Berg, der kleiner ist als das Haus, das danebensteht.

Ich pfiff vor mich hin, aber es hatte keinen Klang. Dann schaute ich hinaus und sah, was ich den ganzen Monat über hätte sehen können, aber nie gesehen habe, ein Himmel-und-Hölle-Spiel, eine mit Kreide auf den Boden gemalte Figur aus Vierecken, die beziffert sind, quer und dann wieder längs, von denen ich immer meine, daß sie in primitiver Weise das Schicksal darstellen. Man legt eine Strecke zurück und etwas geht gut oder schlecht, so ähnlich ist das. Knaben spielen es nicht, zumindest kann ich mich nicht erinnern, es je gesehen zu haben. Irgendein Mensch an einer Universität hat zweifellos eine Studie über das Himmel-und-Hölle-Spiel geschrieben und einen Zusammenhang mit Initiationsriten, der Kabbala oder Gott weiß was gefunden. Doch das beschäftigte mich jetzt nicht, denn ich spürte ein dummes und unbezwingbares Verlangen zu hüpfen.

Zunächst wollte ich es unterdrücken, aber schließlich war es drei Uhr nachts, und auf dem Schulhof konnte mich keiner sehen. Ich ging hinaus, schaute mir die Felder an und merkte, daß ich nicht mehr wußte, wie es ging, was mich jedoch nicht davon abhielt.

Auf einmal sprang ich, so wie man zu Beginn der Saison erstmals ins Meer springt, auf einem Bein ins erste Feld und glitt mit einem kleinen Sprung ins nächste Feld hinein. Ich wußte nicht, was ich tat, doch ich war glücklich. Die Nacht war klar, die Uhr schlug drei, und Alfonso Tiburón de Mendoza hüpfte auf dem Schulhof. Wenn zwei Felder nebeneinander lagen, sprang ich mit einem genauso anmutigen Sprung, wie ich es bei den kleinen Mädchen auf der Straße gesehen hatte, mit gespreizten Beinen hinein und hüpfte auf einem Bein weiter. Ich kannte den Sinn der Sache nicht, doch ich war glücklich, weil ich so hüpfend das Gefühl hatte, noch immer an meiner Geschichte zu schreiben, die drinnen fertig auf dem Tisch lag, das lächerliche Kuckucksei, das ich ins Nest von mindestens zehn Vögeln gleichzeitig gelegt hatte. Erst als ich ganz außer Atem war, hörte ich auf und setzte mich auf den Boden, wie ich das früher getan hatte, als ich meinen Kopf noch am Fenstersims aus Quadersteinen reiben konnte. Das ging heute nicht mehr, doch das kümmerte mich jetzt nicht. Der Mond war über das Dach der Schule gestiegen, und in den Himmel spähend sah ich Orion, meinen Lieblingsstern, gefolgt von Sirius, meinem Lieblingshund. Ein weißer Lichtfleck lag auf dem strengen Viereck des Spielplatzes, als hätte es geschneit; sonst war nichts zu sehen.

Und da saß ich noch lange und glücklich.

CEES NOOTEBOOM

Es ist hier jetzt der schönste Frühling, und ich kann verfolgen, wie sich alles allmählich bildet. Die Luft ist schön und warm, an vielen Stellen blühen auch schon die Kirschbäume ganz weiß. Ich bin so gut wie ganz allein, und das ist gut so. All die Dinge, die näher zu erörtern keinen Sinn hat, sind im Abklingen, und ich wage schon zuweilen zu hoffen, daß es mir gelingen wird, auch sie an ihren Ort zu setzen. Ich bedarf nur einer inneren Voraussetzung hierzu: Stille. Diese Stille suche ich auf jede Weise zu erzeugen. Mit Menschen komme ich wie gesagt wenig in Berührung. Die Osterfeiertage war ich zwar in Kösen bei meinen Eltern, aber wir leben nebeneinander ohne uns zu *sehen*. Wir verstehen uns nicht, und ich verstehe nicht mehr, wie ich es bis vor einem Jahr habe aushalten können. Ich muß mich ganz und gar verschleiern und verhüllen, um nicht sinnlos zu explodieren. All meine Familienverhältnisse regen mich auf, ohne mich zu erheben. Der einzige Mensch, den ich hier zuweilen sehe und spreche, ist eine schwerkranke Studentin, die allein meine Stille ertragen kann (welcher Satz in seinen beiden Bedeutungen zu nehmen ist) und deren Hilflosigkeit auch im innersten Sinn jedermann erbarmen muß, auch den, der sieht, daß nichts zu helfen ist. Meistens sagen wir gar nichts, und ich stehe am Schrank und schweige in die Welt hinein.

GERSHOM SCHOLEM

erinnerung an die sechziger jahre

heiter mit liebe und arbeit
beschäftigt, furchtlos
beschäftigt mit unserer furcht,
ruhig mit unserer unruhe,
sorglos beschäftigt
mit unsern sorgen

entglitten wir,
flogen, landeten,
noch einmal waren die ufer offen.

ruhig waren die nördlichen abende
im juni, sorglos schlug die messinguhr
auf den inseln, leicht ging ein helles gelächter,
leicht gingen kleine schreie, leicht
ging eine junimusik durch die hellen zimmer
nachts, vergeßlich stand das hölzerne haus,
das gefriedete, in dem es nicht dunkel ward,
ruhig, ruhig lag das boot am steg, ruhig
gingen gespräche hin unter freunden,
ruhig entglitten die weißen stimmen,
als wäre da glück gewesen, ruhig
standen die bücher, die felsen, auf dem sims
stand der helle branntwein.

sorglos entglitten wir
der zeit des gleitens,
furchtlos also unwissend

ruhig also überflüssig
heiter also unbarmherzig:
also schwanden wir
aus jenen jahren.

die felsen dort,
unwissend furchtlos
überflüssig ruhig
unbarmherzig heiter:
die felsen sind noch am leben.

HANS MAGNUS ENZENSBERGER

Ein Strand. Abend. Das Licht stirbt dahin. Bald dahin, wird es nicht mehr sterben. Nein. Nichts dergleichen dann wie kein Licht. Es starb dahin bis zur Morgendämmerung und starb nie. Du stehst mit dem Rücken zum Meer. Kein Geräusch außer der Brandung. Immer schwächer, während es allmählich verebbt. Bis es allmählich wieder heranflutet. Du stützt dich auf einen langen Stock. Deine Hände ruhen auf dem Knauf, und auf ihnen dein Kopf. Wenn deine Augen sich gerade öffneten, sähen sie zuerst, weit unten in den letzten Strahlen, die Schöße deines Mantels und im Sand den Rand der Schäfte deiner eingesunkenen Schnürstiefel. Dann, und zwar allein, bis er verschwindet, den Schatten des Stocks auf dem Sand. Bis er aus deiner Sicht verschwindet. Mondlose, sternlose Nacht. Wenn deine Augen sich gerade öffneten, würde das Dunkel heller.

SAMUEL BECKETT

Erst wenn wir das Schweigen der Dinge vernehmen, erfassen wir, was die Einsamkeit ist. Dann erst verstehen wir das Geheimnis, das im Stein begraben und in der Pflanze erwacht ist, den verborgenen oder sichtbaren Rhythmus der gesamten Natur.

E. M. CIORAN

Wenn Ivan und ich schweigen, weil nichts zu sagen ist, also wenn wir nicht reden, dann senkt sich aber kein Schweigen herab, sondern ich merke, im Gegenteil, daß vieles uns umgibt, daß alles lebt um uns herum, es macht sich bemerkbar, ohne aufdringlich zu sein, die ganze Stadt atmet und zirkuliert, und so sind Ivan und ich nicht besorgt, weil nicht abgetrennt und monadenhaft eingesperrt, nicht kontaktlos und in nichts Schmerzliches abgetan. Auch wir sind ein akzeptabler Teil der Welt, zwei Leute, die müßig oder eilig auf dem Trottoir gehen, ihre Füße auf einen Zebrastreifen setzen, und wenn wir auch nichts sagen, uns nicht direkt miteinander verständigen, wird Ivan mich doch rechtzeitig am Ärmel halten und festhalten, damit ich unter kein Auto oder keine Straßenbahn komme.

INGEBORG BACHMANN

Ich lehre das Schweigen
in allen Sprachen
nach der Methode der Betrachtung
des Sternenhimmels,
der Kiefer des Sinanthropus,
der Heupferdchensprünge,
der Säuglingsnägel,
des Planktons,
der Schneeflocke.

WISŁAWA SZYMBORSKA

Ich will den nicht mehr sehen. Und den nicht. Ich verachte das angebliche Lächeln dieses Herrn. Und das begeisterte Quieksen jenes Herrn. Und die hinterfotzige Liberalismusliebe wichtigtuerischer Republikaner. Ich will nirgends sein. Weder dabei, noch nicht dabei. Ich suche keine Gründe, mich zu hassen. Ich muß versuchen, mich zu lieben, mich zu ertragen wenigstens, es ohne weiteres auszuhalten mit mir. So wie dieser Herr und jener Herr mich sieht, bin ich unerträglich. Wenn ich allein bin, ertrage ich mich. Wenn andere da sind, wird in jeder Sekunde Ungutes für Stunden produziert. Fahren wir fort. Nächste Woche. Aber doch nicht mit einem Schicksalsgenossen. Bloß keine Parallelen. Nichts ist so beschämend wie Parallelschicksale. Da denen gegenüber die zärtliche Voreingenommenheit wegfällt, tritt der verachtenswerte Befund blank hervor und die Einsicht, daß man genauso ist, wird unabweisbar. Herbsttage. Prosatage. Es riecht feucht, dunkelgrün. Überall die Leichenfeier. Blätterflammen. Wir bitten um Nebel. Lieber Winter, sei so gut und schließ mir die Augen mit eindeutigem Weiß.

MARTIN WALSER

Für viele

Wieviel Schönheit ist auf Erden
unscheinbar verstreut;
möcht ich immer mehr des inne werden;
wieviel Schönheit, die den Taglärm scheut,
in bescheidnen alt und jungen Herzen!
Ist es auch ein Duft von Blumen nur,
macht es holder doch der Erde Flur,
wie ein Lächeln unter vielen Schmerzen.

CHRISTIAN MORGENSTERN

II
Ermutigung: zu träumen und zu hoffen

In den Traum oder Tod oder Schlaf
komm in den Steingarten
wo ich dich nie traf
will ich jetzt auf dich warten

Thomas Brasch

Schlaf, Kindlein, schlaf, der Vater hüt' die Schaf', die Mutter schüttelt's Bäumelein, da fällt herab ein Träumelein.« So früh schon beginnt das Spiel mit dem Traum. Nichts scheint begütigender, wenn er sich sanft mit dem Schlaf verquickt, in dem das Kind für eine Weile aufgehoben ist. Nicht lang; ist erst das Wünschen erlernt, wächst mit dem Menschen auch der Traum heran, offenbart nun unverhohlen Schönheit und Bedrohlichkeit, das Glück und das Unglück, begreifbar und unbegreifbar zugleich. Alles Verdrängte und Vergessene ist so stark, daß aus dem Schlafenden ein Träumender werden muß. »Fürchterlich tief leuchtet der Traum in den von uns gebauten Epikur- und Augiasstall hinein, und wir sehen in der Nacht alle die wilden Grabtiere und Abendwölfe lebendig umherstreifen, die am Tage die Vernunft in Ketten hielt«, schreibt Jean Paul. Und Paul Claudel nimmt die Bewegungsfreiheit im Traum wörtlich: »Wer weiß, *wo* du nicht eines Tages der Spur deiner Hand und dem Abdruck deines Daumens begegnen müßtest, würdest du dir die Mühe nehmen, allnächtlich beim Schlafengehen deinen Finger mit einer dicken schwarzen Tinte einzufärben.«

Beim nächtlichen Traum in die Lehre gegangen, beginnt er, der die Mächte des Traums schutzlos zu erdulden hat, die Rollen zu vertauschen. Nun ist er es, der sich des Traums bedient, in dem er ihn willentlich am Tag träumt. Nun ist er es, der den Traum und mit ihm sein Geschick dirigiert: er erfüllt sich Wünsche. »Dämmernde Ränder«, nennt Bloch diese Zonen des Tagträumens; dämmernde Ränder hat Magritte als »Das Reich der Lichter« gemalt. Hier denkt sich der Träumer anders aus,

»groß«, fort in eine neue, leichtere, gerechtere, glücklichere Welt, oder er träumt diese Welt zu sich her. Nicht die nutzlosen übersteigerten Träumereien sind gemeint, die Bloch als »jämmerliche private Utopien« bezeichnet, »mit egoistischem Inhalt, in eine Zukunft hineinprojiziert, die gar keine echte Zukunft ist«, sondern Träume, die die Kraft des Antriebs besitzen. »Unser Leben ist kein Traum – aber es soll und wird vielleicht einer werden«, schreibt Novalis.

ELISABETH BORCHERS

»Das alles ist nicht so schlimm«: finde ich hübsch gesagt. Mein lieber Bruder Hans sagte das immer. Er ist ein goldener Mensch, golden durch Treue. Ja, wenn es bei uns zu Haus oft schlimm aussah, sagte Hans: »Das alles ist nicht so schlimm. Es sieht nur so schlimm aus.« Mir scheint, Ehre und Liebe reden so. Tragisch die Dinge nehmen, ist ja plump. Wenn du keinen Erfolg in der Welt hast, so ist das gar nicht so schlimm. Der Humor ist die unübertreffliche Königin des Weltlebens. Hier wäre wieder ein Wörtchen vom Wesen des wahren Weltmannes zu sagen. Doch man muß sich diese Schreibfreude leider versagen; und das ist gar nicht so schlimm. Einen Hieb bekommen, ist gar nicht so schlimm. Verachtung wecken, wo man meinte, es recht getan zu haben, ist auch nicht so schlimm. Was ist schlimm? Mutlos und freudlos sein? Ist das wirklich schlimm? Ja: das, das ist schlimm. Wenn ich falle und dazu lache, ist das gar nicht so schlimm. Wenn ich mich aber über die Niederlage ärgere, dann ist es schlimm. Doch ich habe noch allerlei anderes zu sagen. Das Leben enthält nicht nur einerlei, sondern gar mancherlei. Also auf ins Allerlei!

ROBERT WALSER

Traum

Mir träumt': ich bin der liebe Gott,
Und sitz im Himmel droben,
Und Englein sitzen um mich her,
Die meine Verse loben.

Und Kuchen ess ich und Konfekt
Für manchen lieben Gulden,
Und Kardinal trink ich dabei,
Und habe keine Schulden.

Doch Langeweile plagt mich sehr,
Ich wollt, ich wär auf Erden,
Und wär ich nicht der liebe Gott,
Ich könnt des Teufels werden.

Du langer Engel Gabriel,
Geh, mach dich auf die Sohlen,
Und meinen teuren Freund Eugen
Sollst du herauf mir holen.

Such ihn nicht im Kollegium,
Such ihn beim Glas Tokayer;
Such ihn nicht in der Hedwigskirch,
Such ihn bei Mamsell Meyer.

Da breitet aus sein Flügelpaar
Und fliegt herab der Engel,
Und packt ihn auf, und bringt herauf
Den Freund, den lieben Bengel.

Ja, Jung, ich bin der liebe Gott,
Und ich regier die Erde!
Ich habs ja immer dir gesagt,
Daß ich was Rechts noch werde.

Und Wunder tu ich alle Tag,
Die sollen dich entzücken,
Und dir zum Spaße will ich heut
Die Stadt Berlin beglücken.

Die Pflastersteine auf der Straß,
Die sollen jetzt sich spalten,
Und eine Auster, frisch und klar,
Soll jeder Stein enthalten.

Ein Regen von Zitronensaft
Soll tauig sie begießen,
Und in den Straßengössen soll
Der beste Rheinwein fließen.

Wie freuen die Berliner sich,
Sie gehen schon ans Fressen;
Die Herren von dem Landgericht
Die saufen aus den Gössen.

Wie freuen die Poeten sich
Bei solchem Götterfraße!
Die Leutnants und die Fähnderichs,
Die lecken ab die Straße.

Die Leutnants und die Fähnderichs,
Das sind die klügsten Leute,
Sie denken, alle Tag geschieht
Kein Wunder so wie heute.

HEINRICH HEINE

Träume wollen ziehen

Wie lange weist es in uns immer nur nach vorwärts? Das Wünschen will doch etwas, ist nicht bloß irgendwie, quält nur selten leer. Beeilt es sich aber zu landen, kommt der Trieb, der in ihm arbeitet, an? Der Trieb vielleicht, eine Zeitlang, auch jede Begierde kann, fürs erste, überraschend gestillt werden. Dem Satten ist nichts gleichgültiger als ein Stück Brot, dem Neugierigen nichts veralteter als die eben erst gelesene Zeitung. Dahinter jedoch steht alles wieder auf, es gibt, mit dem Hunger beginnend, nie gekühlte Wünsche. Und die Bilder, die sich auch ein sich stillender Wunsch vorgemalt hat, stehen zuweilen in der Luft, als könnten sie sich nicht niederschlagen. Der Wunsch und Wille zu ihnen lebt fort, sie selbst leben fort. Auch von erfüllbaren Träumen kommt, wenn sie auf ebenem Boden landen, nicht immer alles an; oft bleibt ein Rest. Er ist luftig, ja windig, ist aber stärker als das Fleisch, ist trotzdem merkbar. Ein Mann erwartet ein Mädchen, das Zimmer ist voll zärtlicher Unruhe; letztes Licht vom Abend ist darin, erhöht die Spannung. Tritt jedoch die Erhoffte über die Schwelle und ist alles gut, alles da, so ist das Hoffen selbst nicht mehr da, dieses ist verschwunden. Es hat nichts mehr zu sagen und trug doch noch etwas mit sich, was in der seienden Freude nicht laut wird. Völlige Deckung ist selten, wahrscheinlich noch nie eingetreten. Im Traum von etwas, bevor das Herz sich labt, war's besser oder schien so.

ERNST BLOCH

Und so saß ich im Goldenen Tiger, ich überlegte wie immer, daß, sollten die Götter mich lieben, ich über einem Glas Bier abkratzen könnte, ich saß da und lauschte den Details dieses Großen Montags und Großen Sonntags, diese mit flammenden Augen vorgebrachten Nachrichten verflochten sich für mich zu einem großen Teppich, den man weder widerrufen noch verbrennen kann, da die Inhalte geschehen und aus Wirklichkeit gewoben sind, und das, was geschehen ist, läßt sich nicht mehr rückgängig machen. So träumte ich im Goldenen Tiger von meinem Tod, meine paar Biere, heute hatte ich sechs getrunken, all das, was ich gehört und erlauscht hatte, alles war aus den Fugen geraten, und ich hörte nur noch menschliches Reden, das für mich keinen Sinn mehr hatte, also zahlte ich, man spendierte mir noch ein Bier, und ich trat hinaus in die Nacht, ich hob den Kopf und schaute wie immer zum Himmel empor, zum Himmel des Heiligen Ägidius, die Nacht wird kalt und sternenklar sein, und schräg aus meinem Fenster im fünften Stock werde ich heute abend die Mondsichel sehen, und so schritt ich dahin, die Pariser-Straße war schon still, ein Polizeiauto fuhr vorbei, hielt vorsichtig an, ein Polizist stieg aus und steckte denen, die dort standen, wo Anhalten verboten war, Strafzettel unter die Scheibenwischer, dann schweiften die Scheinwerfer langsam zur Maison Oppelt, wo Frank Kafka einmal aus dem fünften Stock hatte springen wollen, und dann stand ich allein auf dem Altstädter-Ring, niemand ging vorbei, ich setzte mich auf das erste Bänkchen und fing an zu träumen ... mir gegenüber ragte das Denkmal des Magisters Jan Hus empor, als er verbrannt wurde, brachte eine alte Frau ein Bündel Reisig, damit Jan Hus besser brenne, dieses Denkmal stand mitten auf dem Platz in der Finsternis, während das Palais Kinsky, seine Mauern und die ganze Ostfront des Platzes leuchteten, so sehr von den klaren Natriumlampen angestrahlt, daß die rosaroten und hellbraunen Mauern des Palais die schwarze Silhouette des Denkmals noch schärfer hervortreten ließen, und ich saß allein da, dann sprang ein junger Mann auf ein Bänkchen, hüpfte vom einen Sitzplatz zum nächsten, und aus dem Herzen des Altstädter-Rings erklang zaghaft eine Flöte, ihr leiser und doch so eindringlicher Klang, als sei er der Einsamkeit, einem Weideland, einem abgelegenen See entsprungen, dieser Flötenklang war in sich ergreifend, aber noch vielmehr, weil einige Stunden zuvor die letzten Autos mit Tränengas und Wasserwerfern von hier weggefahren waren, die letzten Autos mit den Wolfshunden, diesen schönen deutschen Schäferhunden, die jetzt bestimmt schon in ihren Hütten lagen, nach diesem anstrengenden Sonntag und Montag... doch hier auf dem Altstädter Ring erklang aus dem Herzen des Denkmals eine Flöte, derart, daß ich erschrak, aufstand, die Hand hob und den Kopf drehte... ja, dieser Flötenklang schwebte empor und breitete sich über den ganzen Platz aus, er drang aus den Büschen rund um die hochragende Statue des Magisters Jan Hus, aus diesen Koniferen, die selbst im Winter nicht welken, stieg der Klang einer Flöte empor, einige Passanten gingen vorbei, ihre Stimmen klangen laut durch die Leere des Platzes, doch niemand blieb stehen, in Diagonalen überquerten sie den Platz, von der Eisengasse in die

Pariser Straße, von der Lange-Gasse in die Melantrichgasse, und dann verstummte die Stimme der Flöte, es war zum Zerbersten still, wie eine zu straff gespannte Saite, und ich sah, wie auf der Umrandung unter Jan Hus Zweige auseinandergebogen wurden und jemand auf das Kopfsteinpflaster sprang, das die hell leuchtenden Mauern widerspiegelte, und danach sah ich, wie sich vom Denkmal eine zweite Gestalt löste und einen Kinderwagen bei sich hatte, und aus der schwarzen Finsternis des Denkmals traten nun bei der ehemaligen Apotheke Zum Einhorn eine junge Frau und ein junger Mann hervor, sie schoben den Kinderwagen vor sich her, in dem vielleicht diese Zauberflöte lag, und da ich ein Literat bin, schaute ich zum Fenster im ersten Stock dieser ehemaligen Apotheke hoch und erinnerte mich daran, daß hier Frau Bertha Fanta einen Salon gehabt hatte, einen Salon, in dem sich zu Österreichs Zeiten Franz Kafka, Albert Einstein, Rudolf Steiner, Max Brod und polnische Dichter miteinander unterhielten ... Und der Zauberkinderwagen bog in den Krönungsweg ein, aus der Pariser-Straße kam ein Taxi gefahren, mit einem Wink brachte ich sein erleuchtetes Schild zum Stehen, und als ich mich hineingesetzt hatte, wurde mir bewußt, daß diese Zauberflöte genau von den Orten her geklungen hatte, an denen vertikale Botschaften vermittelt werden ... ich glaube, daß die Herrschaft des Volkes über Deine Dinge wieder zurückkehren wird in Deine Hände ...

BOHUMIL HRABAL

Auch ich habe in Arkadien gelebt

Aber eines Tages war meine Zeit um, und ich nahm Abschied. Es war spät im Herbst. Aus den Büschen fielen faule Beeren, und die Schafe kamen die Hügel herunter, frierend und hungrig, denn über Nacht hatte der Wind das Gras aus den Bergwiesen gespült und an die felsigen Ufer geworfen. Auf silbernen Geleisen – zwei letzten Sonnenstrahlen – trug mich der Zug fort. In der Nacht erreichte ich die Grenze. Die Zollbeamten beschlagnahmten mein Gepäck, und als ich mein Geld umwechseln wollte, bedeutete man mir, daß hier eine andere Währung galt. Bedauerlicherweise war zwischen meiner Heimat und den anderen Ländern kein Abkommen getroffen worden, das einen Kurs festsetzte. Also war auch mein Geld wertlos.

Aber ich verlor den Mut nicht. Schon in der ersten Stadt lernte ich viele freundliche Menschen kennen; sie halfen mir, wo sie konnten, und ich fand bald Arbeit in einer Fabrik. Später ging ich zu einer Straßenbaufirma. Es war Frühling, und es war die erste Straße, die ich sah, eine wunderbare Straße, die die schwersten Fahrzeuge trug, eine große, herrliche Straße, auf der man bis ans Meer fahren konnte. Aber das Meer war weit, und es lagen viele Stationen davor, kleinere Städte und sehr große; auch eine Weltstadt war darunter. Einige Chronisten dieser Stadt sprachen die Vermutung aus, daß sie sich auf den Ruinen des alten Babylon erhebe, aber ihre beglaubigte Geschichte schien mir blaß und nichtig vor ihrer Gegenwart.

Diese Stadt ließ mich nicht mehr los, denn alles, was ich tat – ob ich nun an der Börse spielte, Maschinen baute oder den Ertrag von Plantagen zu steigern versuchte –, war so merkbar von Erfolg begleitet, daß es alle meine Erwartungen übertraf. Als mein Name zum erstenmal in den Zeitungen genannt wurde, war ich glücklicher als je zuvor in meinem Leben, und ich beschloß zu bleiben. Ich hätte jetzt jederzeit ans Meer fahren können, doch dazu kam es nicht mehr, denn ich hatte neue Versprechen einzulösen, die ich gegeben hatte, immer neue Aufgaben zu erfüllen, die ich übernommen hatte, mich immer neu zu bestätigen, da man nun einmal mich bestätigt hatte.

An manchen Abenden fuhr ich, wenn ich sehr müde war, bis zur Ausfallstraße, die ans Meer führt, holte aus meiner tiefen Müdigkeit und Ergebenheit das Bild des unbekannten Meeres hervor und sank, halb schlafend, der Ferne entgegen und dem unendlichen Himmel, der mit dem Meer den Erdkreis schließt. Sobald die Benommenheit wich, kehrte ich ernüchtert zürück und sagte mir, daß mir diese Reise noch immer bliebe und daß sie mir im Augenblick nichts eintragen konnte, nichts, was ich nicht schon besäße.

Jahre kommen und vergehen, die Menschen kommen und gehen, und die Zeit und die Menschen wollen mir wohl, und ich habe meinen Platz unter der Sonne.

Nun erreicht mich seit einigen Tagen, in Augenblicken, in denen ich keine Zeit habe, ihm Aufmerksamkeit zu schenken, der Ton einer Flöte, eine vom Wind zerrissene Melodie, ein von großer Entfernung geschwächter Ruf, und mir ist, als käme er von den herbstlichen Hügeln, die ans Blau eines makellosen, frühen Himmels grenzen. Oder ist es der Ton der Glocken, mit denen die weißen Lämmer ans Gebüsch streifen, wenn sie den Weg ins Tal nehmen? Oder rührt es vom Summen der silbrigen Strahlengeleise, die zu den Hütten am Bach führen und von dort geradewegs in den Sonnenball münden, der wie ein großer, versinkender Bahnhof alle Züge in den Himmel heimholt?

Hier werde ich manchmal um das Geheimnis des Erfolgs befragt, und ich könnte euch sagen, daß es mir gelänge, bis ans Meer zu kommen und allen Straßen und allen Wassern der Welt meinen Namen einzuschreiben, wenn mir die Hoffnung bliebe, daß ich am Ende der Tage heimkehren könnte und die staunenden Hirten, die Hügel und Bäche meiner Heimat den Besitz begriffen und würdigten, den ich erworben habe. Aber die Währung zwischen hier und dort ist noch immer eine andere, und führe ich zurück, so käme ich nicht reicher heim, als ich fortzog, nur ein wenig älter und müder, und ich hätte vielleicht nicht mehr das Herz, mich zu bescheiden.

Nun aber erreicht mich wieder eine vom Wind verstärkte Melodie, aus schrecklicher Nähe ein nicht zu überhörender Ruf, und mir ist, als käme er aus meinem Herzen, das über mir zusammenschlägt, als legten sich mir die herbstlichen Hügel an die zitternde Brust, und als zöge der makellose Himmel in mich ein, um mich zu töten. Oder ist es der Ton einer Glocke, die ich trage, wenn meine Sehnsucht an die Büsche streift, um die roten, reifen Früchte des letzten Jahres zu ernten? Oder rühren diese Klänge vom Dröhnen der im Abendglanz sprühenden Geleise, die mich an die Hütte am Bach tragen und von dort geradewegs auf den zerfließenden Sonnenball, der wie ein riesiger, versinkender Bahnhof alle Wanderer in den Himmel heimholt?

INGEBORG BACHMANN

Nach tagelangen ununterbrochenen Kopfschmerzen endlich ein wenig freier und zuversichtlicher. Wäre ich ein Fremder, der mich und den Verlauf meines Lebens beobachtet, müßte ich sagen, daß alles in Nutzlosigkeit enden muß, verbraucht in unaufhörlichem Zweifel, schöpferisch nur in Selbstquälerei. Als Beteiligter aber hoffe ich.

FRANZ KAFKA

Treibet die Furcht aus; dann ist Hoffnung, daß der gute Geist einziehen werde.

JOHANN GOTTFRIED SEUME

Ohne Hoffnung, ergreift dich Geschäftigkeit.

MARTIN WALSER

Wer sind wir? Wo kommen wir her? Wohin gehen wir? Was erwarten wir? Was erwartet uns?

Viele fühlen sich nur als verwirrt. Der Boden wankt, sie wissen nicht warum und von was. Dieser ihr Zustand ist Angst, wird er bestimmter, so ist er Furcht.

Einmal zog einer weit hinaus, das Fürchten zu lernen. Das gelang in der eben vergangenen Zeit leichter und näher, diese Kunst ward entsetzlich beherrscht. Doch nun wird, die Urheber der Furcht abgerechnet, ein uns gemäßeres Gefühl fällig.

Es kommt darauf an, das Hoffen zu lernen. Seine Arbeit entsagt nicht, sie ist ins Gelingen verliebt statt ins Scheitern. Hoffen, über dem Fürchten gelegen, ist weder passiv wie dieses, noch gar in ein Nichts gesperrt. Der Affekt des Hoffens geht aus sich heraus, macht die Menschen weit, statt sie zu verengen, kann gar nicht genug von dem wissen, was sie inwendig gezielt macht, was ihnen auswendig verbündet sein mag. Die Arbeit dieses Affekts verlangt Menschen, die sich ins Werdende tätig hineinwerfen, zu dem sie selber gehören. Sie erträgt kein Hundeleben, das sich ins Seiende nur passiv geworfen fühlt, in undurchschautes, gar jämmerlich anerkanntes. Die Arbeit gegen die Lebensangst und die Umtriebe der Furcht ist die gegen ihre Urheber, ihre großenteils sehr aufzeigbaren, und sie sucht in der Welt selber, was der Welt hilft; es ist findbar. Wie reich wurde allzeit davon geträumt, vom besseren Leben geträumt, das möglich wäre. Das Leben aller Menschen ist von Tagträumen durchzogen, darin ist ein Teil lediglich schale, auch entnervende Flucht, auch Beute für Betrüger, aber ein anderer Teil reizt auf, läßt mit dem schlecht Vorhandenen sich nicht abfinden, läßt eben nicht entsagen. Dieser andere Teil hat das Hoffen im Kern, und er ist lehrbar. Er kann aus dem ungeregelten Tagtraum wie aus dessen schlauem Mißbrauch herausgeholt werden, ist ohne Dunst aktivierbar. Kein Mensch lebte je ohne Tagträume, es kommt aber darauf an, sie immer weiter zu kennen und dadurch unbetrüglich, hilfreich, aufs Rechte gezielt zu halten. Möchten die Tagträume noch voller werden, denn das bedeutet, daß sie sich genau um den nüchternen Blick bereichern; nicht im Sinn der Verstockung, sondern des Hellwerdens. Nicht im Sinn des bloß betrachtenden Verstands, der die Dinge nimmt, wie sie gerade sind und stehen, sondern des beteiligten, der sie nimmt, wie sie gehen, also auch besser gehen können. Möchten die Tagträume also wirklich voller werden, das ist, heller, unbeliebiger, bekannter, begriffener und mit dem Lauf der Dinge vermittelter. Damit der Weizen, der reifen will, befördert und abgeholt werden kann.

ERNST BLOCH

Fragebogen

1. Wissen Sie in der Regel, was Sie hoffen?

2. Wie oft muß eine bestimmte Hoffnung (z. B. eine politische) sich nicht erfüllen, damit Sie die betroffene Hoffnung aufgeben, und gelingt Ihnen dies, ohne sich sofort eine andere Hoffnung zu machen?

3. Beneiden Sie manchmal Tiere, die ohne Hoffnung auszukommen scheinen, z. B. Fische in einem Aquarium?

4. Wenn eine private Hoffnung sich endlich erfüllt hat: wie lange finden Sie in der Regel, es sei eine richtige Hoffnung gewesen, d. h. daß deren Erfüllung so viel bedeutete, wie Sie jahrzehntelang gemeint haben?

5. Welche Hoffnung haben Sie aufgegeben?

6. Wieviele Stunden im Tag oder wieviele Tage im Jahr genügt Ihnen die herabgesetzte Hoffnung: daß es wieder Frühling wird, daß die Kopfschmerzen verschwinden, daß etwas nie an den Tag kommt, daß Gäste aufbrechen usw.?

7. Kann Haß eine Hoffnung erzeugen?

8. Hoffen Sie angesichts der Weltlage:

a. auf die Vernunft?

b. auf ein Wunder?

c. daß es weitergeht wie bisher?

9. Können Sie ohne Hoffnung denken?

10. Können Sie einen Menschen lieben, der früher oder später, weil er Sie zu kennen meint, wenig Hoffnung auf Sie setzt?

11. Was erfüllt Sie mit Hoffnung:

a. die Natur?

b. die Kunst?

c. die Wissenschaft?

d. die Geschichte der Menschheit?

12. Genügen Ihnen die privaten Hoffnungen?

13. Gesetzt den Fall, Sie unterscheiden zwischen Ihren eigenen Hoffnungen und den Hoffnungen, die andere (Eltern, Lehrer, Kameraden, Liebespartner) auf Sie setzen: bedrückt es Sie mehr, wenn sich die ersteren oder wenn sich die letzteren nicht erfüllen?

14. Was erhoffen Sie sich von Reisen?

15. Wenn Sie jemand in einer unheilbaren Krankheit wissen: machen Sie ihm dann Hoffnungen, die Sie selber als Trug erkennen?

16. Was erwarten Sie im umgekehrten Fall?

17. Was bekräftigt Sie in Ihrer persönlichen Hoffnung:

a. Zuspruch?

b. die Einsicht, welchen Fehler Sie gemacht haben?

c. Alkohol?

d. Ehrungen?

e. Glück im Spiel?

f. ein Horoskop?

g. daß sich jemand in Sie verliebt?

18. Gesetzt den Fall, Sie leben in der Großen Hoffnung (»daß der Mensch dem Menschen ein Helfer ist«) und haben Freunde, die sich aber dieser Hoffnung nicht anschließen können: verringert sich dadurch Ihre Freundschaft oder Ihre große Hoffnung?

19. Wie verhalten Sie sich im umgekehrten Fall, d.h.

wenn Sie die große Hoffnung eines Freundes nicht teilen: fühlen Sie sich jedesmal, wenn er die Enttäuschung erlebt, klüger als der Enttäuschte?

20. Muß eine Hoffnung, damit Sie in ihrem Sinn denken und handeln, nach Ihrem menschlichen Ermessen erfüllbar sein?

21. Keine Revolution hat je die Hoffnung derer, die sie gemacht haben, vollkommen erfüllt; leiten Sie aus dieser Tatsache ab, daß die große Hoffnung lächerlich ist, daß Revolution sich erübrigt, daß nur der Hoffnungslose sich Enttäuschungen erspart usw., und was erhoffen Sie sich von solcher Ersparnis?

22. Hoffen Sie auf ein Jenseits?

23. Wonach richten Sie Ihre täglichen Handlungen, Entscheidungen, Pläne, Überlegungen usw., wenn nicht nach einer genauen oder vagen Hoffnung?

24. Sind Sie schon einen Tag lang oder eine Stunde lang tatsächlich ohne Hoffnung gewesen, auch ohne die Hoffnung, daß alles einmal aufhört wenigstens für Sie?

25. Wenn Sie einen Toten sehen: welche seiner Hoffnungen kommen Ihnen belanglos vor, die unerfüllten oder die erfüllten?

MAX FRISCH

Dulde, trage.
Bessere Tage
werden kommen.
Alles muß frommen
denen, die fest sind.
Herz, altes Kind,
dulde, trage.

CHRISTIAN MORGENSTERN

III

Ermutigung: zu handeln

So sehr im Sein ringen, daß du dir nicht mehr vorstellen kannst, daß nach dir noch etwas sein könnte. Dies muß das Gefühl, wenn nicht gar die Überzeugung eines Menschen sein, dessen Seelenausdehnungen jene der Welt sind.

E. M. Cioran

Mut gibt es gar nicht. Sobald man überlegt, wo man ist, ist man schon an einem bestimmten Punkt. Man muß nur den nächsten Schritt tun. Mehr als den nächsten Schritt kann man überhaupt nicht tun. Wer behauptet, er wisse den übernächsten Schritt, lügt. So einem ist auf jeden Fall mit Vorsicht zu begegnen. Aber wer den nächsten Schritt nicht tut, obwohl er sieht, daß er ihn tun könnte, tun müßte, der ist feig. Der nächste Schritt ist nämlich immer fällig. Der nächste Schritt ist nämlich nie ein großes Problem. Man weiß ihn genau. Eine andere Sache ist, daß er gefährlich werden kann. Nicht sehr gefährlich. Aber ein bißchen gefährlich kann auch der fällige nächste Schritt werden. Aber wenn du ihn tust, wirst du dadurch, daß du erlebst, wie du ihn dir zugetraut hast, auch Mut gewinnen. Während du ihn tust, brichst du nicht zusammen, sondern fühlst dich gestärkt. Gerade das Erlebnis, daß du einen Schritt tust, den du dir nicht zugetraut hast, gibt dir ein Gefühl von Stärke. Es gibt nicht nur die Gefahr, daß du zuviel riskierst, es gibt auch die Gefahr, daß du zu wenig riskierst. Dem Gehenden schiebt sich der Weg unter die Füße.

MARTIN WALSER

Ikarus 64

1

Fliegen ist schwer:
jede Hand klebt am Gehebel von
Maschinen:
geldesbedürftig.
Geheftet die Füße
an Gaspedal und Tanzparkett.
Fest eingenietet
der Kopf im stolzen im fortschrittlichen
im vorurteilsharten
Sturzhelm.

2

Ballast: das mundwarme Eisbein
in der Familiengruft des Magens.
Ballast: das finstere Blut
gestaut an hervorragender Stelle
gürtelwärts.
Töne
erster zweiter neunter dreißigster Sym-
phonien
ohrhoch gestapelt zu kulturellem Über-
gewicht.
Verpulverte Vergangenheit
in handlichen Urnen verpackt.
Tankweis Tränen im Vorrat unabwerfbare:
Fliegen ist schwer.

3

Dennoch breite die Arme aus und nimm
einen Anlauf für das Unmögliche.
Nimm einen langen Anlauf damit du
hinfliegst
zu deinem Himmel
daran alle Sterne verlöschen.
Denn Tag wird.
Ein Horizont zeigt sich immer.
Nimm einen Anlauf.

GÜNTER KUNERT

Ermutigung

Peter Huchel gewidmet

Du, laß dich nicht verhärten
In dieser harten Zeit
Die all zu hart sind, brechen
Die all zu spitz sind, stechen
und brechen ab sogleich

Du, laß dich nicht verbittern
In dieser bittren Zeit
Die Herrschenden erzittern
– sitzt du erst hinter Gittern –
Doch nicht vor deinem Leid

Du, laß dich nicht erschrecken
In dieser Schreckenszeit
Das wolln sie doch bezwecken
Daß wir die Waffen strecken
Schon vor dem großen Streit

Du, laß dich nicht verbrauchen
Gebrauche deine Zeit
Du kannst nicht untertauchen
Du brauchst uns, und wir brauchen
Grad deine Heiterkeit

Wir wolln es nicht verschweigen
In dieser Schweigezeit

Das Grün bricht aus den Zweigen
Wir wolln das allen zeigen
Dann wissen sie Bescheid

WOLF BIERMANN

Sie schreiben mir, daß Sie sich ängstigen, weil Sie ohne Stelle sind, und weil Sie fürchten müßten, lange ohne Verdienst zu bleiben. Ich bin etwas älter als Sie und darf Ihnen aus der Erfahrung raten. Fürchten Sie sich doch ja nicht. Denken Sie weiter nichts. Wenn Sie Entbehrungen zu tragen haben, so seien Sie stolz, sie ertragen zu dürfen. Leben Sie so, daß Sie mit einer Suppe, einem Stück Brot und einem Glas Wein leben können. Das kann man. Rauchen Sie nicht, denn das nimmt Ihnen die wenigen körperlichen Stärkungen, die Sie sich leisten können, weg. Sie haben eine ungeheure Freiheit vor sich. Rund um Sie duftet die Erde, Ihnen gehört sie, will Ihnen gehören. Genießen Sie sie. Fürchtlinge genießen nichts. Also weg mit der Furcht. Seien Sie nicht grob, und fluchen Sie keinem Menschen, auch dem Bösesten nicht. Versuchen Sie lieber, zu lieben, wo ein anderer, weniger Besonnener und Starker, hassen würde. Glauben Sie mir dieses Wort: Der Haß zerstört den Geist im Menschen auf eine vernichtende Weise. Lieben Sie nur gleich alles. Es schadet nichts, zu verschwenden. Stehen Sie am Morgen früh auf, sitzen Sie wenig, schlafen Sie korrekt und schnell. Man kann das. Wenn Sie an der Hitze leiden, so achten Sie nicht übermäßig viel darauf, sondern tun Sie so, als ob Sie es nicht bemerkten. Wenn Sie an eine frische Waldquelle kommen, so versäumen Sie nicht, daraus zu trinken. Wenn man Ihnen mit Anstand schenkt, nur genommen, aber, mit Anstand. Prüfen Sie sich jede Stunde, rechnen Sie mit sich, unterhalten Sie sich lieber mit Ihrem eigenen Geist, als mit dem Verstand gelehrter Menschen. Meiden Sie die Gelehrten, denn es sind, mit wenig Ausnahmen, herzlose Menschen. Schaffen Sie sich öfters Gelegenheit, zu lachen, zu tändeln. Die Folge davon: Sie werden ein schöner, ernsthafter Mensch. Seien Sie, wenn es Ihnen auch oft schwer ankommt, in allem schön. Kleiden Sie sich elegant, das verschafft Ihnen Achtung und Liebe. Es braucht kein Geld, nur die Anstrengung der Sinne dazu. Was die Mädchen betrifft, so halten Sie sich die meisten vom Halse. Üben Sie sich im Verschmähen. Gewöhnen Sie sich daran, immer eine Leidenschaft zu haben, das kennzeichnet den schönen Mann. Der Leidenschaftlichste ist der Beste: lernen Sie es. Man lernt alles. Ich werde Ihnen ein anderes Mal schreiben.

ROBERT WALSER

Von der Arbeit

Dann sprach ein Ackermann: »Rede uns von der Arbeit.«

Und er antwortet also:

Ihr schaffet, um mit der Erde und der Erdenseele Schritt zu halten.

Denn Müßigsein heißt den Jahreszeiten fremd werden und austreten aus dem Kreislauf des Lebens, das in Würde und stolzer Ergebung der Unendlichkeit entgegenschreitet.

So ihr schaffet, seid ihr eine Flöte, durch deren Seele das Geflüster der Stunden zu Musik wird.

Wer von euch wäre gerne still und stumm wie ein Rohr, derweil alles um ihn her im Einklang singet?

Es wurde euch stets gesagt, die Arbeit sei ein Fluch und ihre Wehen ein Unheil.

Doch ich sage euch, durch euer Wirken erfüllt ihr jenen Teil des fernsten Erdentraumes, der euch bei der Geburt dieses Traumes zugewiesen.

Und so ihr die Wehen des Werkes auf euch nehmet, liebt ihr das Leben wahrhaftig.

Und das Leben lieben, inmitten der Wehen, heißt vertraut sein mit des Lebens innerstem Geheimnis.

Doch nennet ihr in eurer Pein die Geburt ein Übel und das Leiden des Fleisches einen Fluch, der auf eurer Stirn geschrieben steht, so sag ich euch: nur der Schweiß eurer Stirn wird hinwegwaschen, was darauf geschrieben ward.

Weiter wurde euch gesagt, das Leben sei dunkel, und in

eurer Erschöpfung wiederholt ihr die Worte der Erschöpften.

Doch ich sage euch: Fürwahr, das Leben ist dunkel, so der Trieb fehlt.

Und jeder Trieb ist blind, wo das Wissen mangelt.

Und jedes Wissen ist eitel, wo das Werk ausbleibt.

Und jedes Werk ist leer, worin keine Liebe ist.

Doch schaffet ihr mit Liebe, so bindet ihr euch selber, und aneinander, und an Gott.

Und was heißt mit Liebe schaffen?

Es heißt das Tuch weben mit Fäden, gezogen aus eurem Herzen, als solle eure Geliebte das Tuch tragen.

Es heißt ein Haus bauen mit Leidenschaft, als solle eure Geliebte darin wohnen.

Es heißt Samen säen mit Sorgfalt und ernten mit Freude, als solle eure Geliebte die Frucht verzehren.

Es bedeutet, alle Dinge die ihr schaffet mit dem Atem eures Geistes füllen,

In dem Wissen, daß alle Seligen um euch stehen und Wache halten.

Oft höre ich euch reden, als sprächet ihr im Schlafe: »Wer in Marmor schaffet und im Stein die Gestalt seiner Seele findet, ist edler als jener, der den Boden pflügt.

Und wer nach dem Regenbogen greift und ihn nach dem menschlichen Ebenbilde auf die Leinwand setzt, ist mehr als jener, der die Riemenschuhe für unsere Füße herstellt.«

Aber ich sage euch – und nicht im Schlafe, doch im Überwachsein der Mittagsstunde: – Der Wind redet nicht süßer zu den Rieseneichen als zum geringsten aller Grashalme;

Und nur der ist groß, der die Stimme des Windes verwandelt in ein Lied, und durch dessen Liebe dies Lied noch süßer wird.

Arbeit ist sichtbar gewordene Liebe.

Und vermöget ihr nicht mit Liebe zu schaffen, doch nur mit Widerwillen, so verlasset lieber eure Arbeit und setzet euch an das Tor des Tempels, um Almosen zu empfangen von jenen, die freudig arbeiten.

KHALIL GIBRAN

Mühsal der Besten

Woran arbeiten Sie?« wurde Herr K. gefragt. Herr K. antwortete: »Ich habe viel Mühe, ich bereite meinen nächsten Irrtum vor.«

BERTOLT BRECHT

Damit das Mögliche entsteht, muß immer wieder das Unmögliche versucht werden.

HERMANN HESSE

Ergebnis des Tages ...: Unbedingt weiterarbeiten, traurig, daß es heute nicht möglich ist, denn ich bin müde und habe Kopfschmerzen, hatte sie auch andeutungsweise vormittag im Bureau. Unbedingt weiterarbeiten, es muß möglich sein, trotz Schlaflosigkeit und Bureau.

FRANZ KAFKA

Das ist nun für uns das Interessanteste, zu wissen, wie wir handeln sollen, – aber sehr selten machen wir noch den einen Schritt weiter zurück und fragen, was denn eigentlich ›Handeln‹ ist, was ›Handeln‹ heißt, also: ob wir handeln, oder wer handelt, was handelt, wie weit wir oder ein anderer an unserem sogenannten Handeln beteiligt ist. Aus unserem Handeln aber, mag es so oder so entstehen, wird ›Geschichte‹; da wird es sehr nötig zu fragen: was wird Geschichte?

Vergessen wir im Beginn das eine nicht: wir sehen eine Welt und sehen uns darin handeln, aber das, was wir sehen, ist nicht alles. Welt ist mehr als wir sehen. Es gibt eine sichtbare und unsichtbare Geschichte, eine kenntliche und eine unkenntliche Geschichte.

Einige meinen, mit Handlung sei nur zu verstehen die mechanische Veränderung der Umwelt, und allein dies Bewegen sei Handeln. Solche Meinung ist Sache eines im schlechten Sinne naturwissenschaftlichen Zeitalters und einer Zeit, die übermäßig unter Mißständen leidet und daher nach greifbarer Veränderung schreit. Die ist sicher gut und nötig und wird erzielt durch jenes Handeln. Es ist aber nur eine einzelne Art Handeln, und ein Ich, das nicht fallen will, hat in solchem Handeln, jedoch nicht nur darin, sein Dasein zu beweisen. Es ist darum ein Handeln, weil es einer wirklichen Bewegung des Ich entspringt, einer Begegnung, Berührung und Auseinandersetzung von Person und Welt. Wir bemerken nun, daß die Begegnung von Person und Welt nicht allein auf mechanische und greifbare sichtbare Veränderung aus ist, auf sichtbares kenntliches Neuordnen und Organisieren der Umwelt. Denn wir geben ja zu, daß die sichtbare Welt nicht die einzige ist, auch nicht in unserem Dasein. Es gibt eine Zeitgeschichte, die die Historiker schreiben oder zu schreiben vorgeben, und eine Weltgeschichte, die man noch weniger schreiben kann, und für diese Weltgeschichte sind die äußeren Bewegungen, die sichtbaren Veränderungen, die wir erreichen, nur eine einzelne Seite.

Spöttisch lehnen eine Anzahl Realisten, Deterministen, auch Materialisten von vornherein jedes Denken über das Handeln ab mit dem Hinweis, dies Handeln gebe es ja nicht. Sie setzen ›Handeln‹ gleich mit einem ihnen vorschwebenden, freischwebenden ›freien‹ Handeln, und daran verglichen sei all unser Handeln kein Handeln, sondern ein berechenbares Geschehen. Sie sagen: diese Welt ist bestimmt, qualitativ und quantitativ, und wenn eine bestimmte Person einer bestimmten Welt gegenübertritt, so kommt es nur zu einem Reaktionsablauf. Da ›Handlung‹ also das Produkt bestimmter Faktoren ist, gibt es keine Handlung. ›Zweimal zwei ist vier‹ ist auch keine Handlung, sondern ein Ergebnis. Ich ziehe diesen Einwand heran, weil er zusammenhängt mit der Frage von der sichtbaren und unsichtbaren Welt. Die Meinung dieser Deterministen ist der sichtbaren Physik entnommen und hat da und in aller sichtbaren Welt ihren Platz. Vielleicht völlig auch da nicht. Dann, wenn wirklich vom Gesamtverlauf der Realität, die Menschen eingeschlossen, geredet wird, ist diese Meinung ungültig, da sie völlig unbeweisbar ist und die positive Beobachtung gegen sie spricht. Das Faktum des Ich, des Erlebens stört die Rechnung. Es kommt eine Unbekannte in die Gleichung, es gibt nicht mehr die physikalische Bestimmtheit auf beiden Seiten, worauf sich das bestimmte Ergebnis mit Sicherheit einstellt. Das x des Ich macht jede Berechnung unmöglich. Das heißt: es gibt noch andere Ablaufsarten als die physikalischen, der Satz: »Die Welt ist bestimmt« ist abzulehnen als unvollständig, die Welt ist vielmehr nur in gewissen Grenzen bestimmbar, sonst aber unbestimmt. Dies aber läßt also Raum einem ›Handeln‹, worüber man freilich sehr vorsichtig und mit klarer Front gegen die Fetischisten nachdenken muß.

Unzweifelhaft wird gelebt mit – nicht nur sichtbaren, berechenbaren, bewußten Kräften. Wir können und werden nun untersuchen, was wohl von diesen Kräften der Einzelperson gehört, wieviel vom Handeln ihr Handeln ist, aber die Grundposition bleibt unerschüttert: daß wir uns auszuwirken und darzustellen suchen und dabei unsere Umwelt formen und gegen Stricke, die unsere Hände, Füße, Brust verschnüren, anringen – wir, die Person. Was wir zum Schluß hinterlassen, ist dann nicht bloß das sichtbare, sondern auch ein unsichtbares weltgeschichtliches Material, das wir freilich als Personen so wenig kennen wie das, was wir übernommen haben. Wir ›kennen‹ es nicht, wir sind es mit.

Nach diesen allgemeinen Bemerkungen, die das Handeln in der sichtbaren und unsichtbaren Welt, dann in der bestimmten und unbestimmten Welt betrafen, machen wir eine dritte Bemerkung, die schon eine sehr positive Note über unsere Auffassung vom Handeln enthält. Nämlich wir sagen: es ist Handeln nicht einseitig das, was von der Person in Richtung Welt ausgeht, sondern überhaupt was mit der Person und an der Person geschieht. Das ist nun eine enorme Wendung, und wir müssen sie rechtfertigen. Wir verlassen damit den gewöhnlichen Boden des Wortes Handeln. Aber wir sehen gar keine Möglichkeit, einen zu engen Begriff Handeln – weg von der Person zur Welt – zu halten. Man wird sagen: dann ist auch die Lungenentzündung, die der Person begegnet, oder ihr Schlaf oder ihr Tod eine Handlung der Person. Ich gestehe: gerade so möchte ich den Begriff Handlung verstanden wissen.

Also: es ist nicht bloß Handeln das, was unsere Umwelt erreicht und beeinflußt, sondern auch, was mit uns selber vorgeht. Denn auch dies bezeichnet unsere Art, wir werden dadurch charakterisiert, und wir sind ›wir‹ in allen Stücken und Dingen, und wenn von Handeln die Rede ist, dann sind ›wir‹ auch – im Erleiden. Der Stahl ist hart: seine Unbrechbarkeit, sein Widerstand ist seine Natur und seine Art zu handeln. Sein Zurückschnellen ist nicht in höherem Maße ›Handeln‹ als sein Festbleiben.

So stehen wir in der wirklichen Realität. Wir passieren die Zone des Daseins heute und morgen, beim Eintritt und Ausgang, nicht als dieselben, obwohl wir unsere Form behalten und uns nur geschieht, daß wir altern. Die Welt, die wir berühren, hat auch uns berührt, und wir können uns ihr nicht versagen. Wie soll ein Ringkampf stattfinden ohne diese Berührung. Es heißt immer und notwendig, die Welt an sich herankommen lassen, sie empfangen, von ihr aufnehmen, was man aufzunehmen hat, kann und will. Hier erfolgt aber zugleich die Veränderung des Ich, es ›leidet‹ auch bei der Berührung, es erfolgt die Umformung. Und wir nennen auch dies: Handeln.

ALFRED DÖBLIN

Die echte Güte der Gesinnung, die uneigennützige Tugend und der reine Edelmut gehn also nicht von abstrakter Erkenntnis aus, aber doch von Erkenntnis: nämlich von einer unmittelbaren und intuitiven, die nicht wegzuräsonieren und nicht anzuräsonieren ist, von einer Erkenntnis, die, eben weil sie nicht abstrakt ist, sich auch nicht mitteilen läßt, sondern jedem selbst aufgehn muß, die daher ihren eigentlichen adäquaten Ausdruck nicht in Worten findet, sondern ganz allein in Taten, im Handeln, im Lebenslauf des Menschen.

ARTHUR SCHOPENHAUER

Der Zweifler

Immer wenn uns
Die Antwort auf eine Frage gefunden schien
Löste einer von uns an der Wand die Schnur der alten
Aufgerollten chinesischen Leinwand, so daß sie herabfiel und
Sichtbar wurde der Mann auf der Bank, der
So sehr zweifelte.

Ich, sagte er uns
Bin der Zweifler, ich zweifle, ob
Die Arbeit gelungen ist, die eure Tage verschlungen hat.
Ob was ihr gesagt, auch schlechter gesagt, noch für einige Wert hätte.
Ob ihr es aber gut gesagt und euch nicht etwa
Auf die Wahrheit verlassen habt dessen, was ihr gesagt habt.
Ob es nicht vieldeutig ist, für jeden möglichen Irrtum
Tragt ihr die Schuld. Es kann auch eindeutig sein
Und den Widerspruch aus den Dingen entfernen; ist es zu eindeutig?
Dann ist es unbrauchbar, was ihr sagt. Euer Ding ist dann leblos.
Seid ihr wirklich im Fluß des Geschehens? Einverstanden mit
Allem, was wird? Werdet *ihr* noch? Wer seid ihr? Zu wem
Sprecht ihr? Wem nützt es, was ihr da sagt? Und nebenbei:

Läßt es auch nüchtern? Ist es am Morgen zu lesen?
Ist es auch angeknüpft an Vorhandenes? Sind die Sätze, die
Vor euch gesagt sind, benutzt, wenigstens widerlegt? Ist alles belegbar?
Durch Erfahrung? Durch welche? Aber vor allem
Immer wieder vor allem anderen: Wie handelt man
Wenn man euch glaubt, was ihr sagt? Vor allem: Wie handelt man?

Nachdenklich betrachteten wir mit Neugier den zweifelnden
Blauen Mann auf der Leinwand, sahen uns an und
Begannen von vorne.

BERTOLT BRECHT

IV
Ermutigung: sich des Verstandes zu bedienen

Im Grunde ist es vollkommen gleichgültig
was wir anhaben
wenn wir nur etwas im Kopf haben

Thomas Bernhard

Not lehrt denken, indem sie besorgt macht. Ist aber die dringende Sorge abgestellt, so mischt sich in sie ein verwandter Antrieb ein. Er kann ebenfalls schmerzlich sein, denn wieviel uns Zugezogenes, Verfallendes scheint ins durchaus Unreine geschrieben. Ein Verwundern also regt sich hier, ein fragendes Staunen und sein Stachel. Auch dies Verwundern kommt aus der Not, wenngleich aus einer nicht mehr so unmittelbaren. Es bezeichnet den Zustand, daß man im Eindruck von Dingen und unter diesen selber noch nicht zureichend zu Hause und also befremdet ist. Die Stärke dieses Zustandes erscheint ganz frisch bei Kindern, soll heißen, bei dem Fragen, worin sich ihr Verwundern ausdrückt. Eben entzündet bei Vorgängen, die ihnen quer gehen oder so erscheinen, und von hier geht das Stutzen reiner, immer untersuchender fort. Wieso oder warum regnet es?, ist eine dieser frühen Fragen, neben wieviel anderen, die Eltern in Verzweiflung bringen können. Ja, vom sechsten oder siebenten Jahr ab zeigt sich zuweilen auch ein besonders unbehaustes, folglich un-heimliches Staunen, eines, das wissen möchte: Warum ist überhaupt etwas und nicht nichts? Derart ritzt das Verwundern und regt den Kopf auf, vertreibt das bloß gedankenlose Hinnehmen des Gewohnten. Stört bald auch, indem es sich des Verstandes bedient und ihn immer selbständiger mitverstärkt, den Bann überkommener Bräuche, vor allem abergläubischer Vorstellungen. Staunend erscheint so bei den griechischen Denkern, mit Thales beginnend, ein erstes rein philosophisches Licht. Sie haben das Verwundern darin nie vergessen und wandeln sein gesellschaftlich immer neu gehemmtes oder eröffnetes Fragen methodisch wie inhaltlich ab. Doch der erste stachelnde Antrieb bleibt, und wo er fehlt, wird nicht gründlich, erst recht nicht tief gedacht.

Daher sind Denker so beschaffen, daß sie sich das Denken schwerer machen als üblich.

ERNST BLOCH

Ein gewöhnlich großer Mann hat sein Vergnügen, alle rund um sich her mit der Allmacht seiner Kraft niederzudrücken und eine Welt vor sich auf den Knien zu sehen: ein rein großer Geist sucht so viel als möglich mit sich auf gleichen Fuß zu setzen und fühlt sich dann in seiner größten Würde, wenn alle in dem Gefühl der ihrigen neben ihm stehen. Wer einen Baum aufrichtet und hält, ist ausgemacht stärker, als wer ihn niederschlägt. Wer nur auf Kosten der Vernunft und des Menschenwerts herrschen kann, hat das System der Ohnmacht ergriffen. Wo sich die Kleinen vor den Großen bücken, sind gewiß die Großen vor den Kleinen nie gehörig sicher. Der Mensch gibt seine Würde auf; aber er wird nie der Freund dessen, der sie ihm abnimmt.

JOHANN GOTTFRIED SEUME

Am Abend des Sechsundzwanzigsten, als meine Schwester tatsächlich und endlich abgereist war, mit allen aus ihrer krankhaften Herrschsucht und aus ihrem sie selbst am meisten verzehrenden, andererseits sie tagtäglich neu belebenden Mißtrauen gegen alles und in erster Linie gegen mich, und den daraus resultierenden Fürchterlichkeiten, war ich mehrere Male aufatmend durch das Haus gegangen, um es einmal gut durchzulüften und schließlich in Anbetracht der Tatsache, daß schon der nächste Morgen der Siebenundzwanzigste sein wird, daran gegangen, alles für mein Vorhaben herzurichten, die Bücher, die Schriften, die Berge von Notizen und die Papiere, alles auf meinem Schreibtisch genau jenen Gesetzen unterzuordnen, die schon immer die Voraussetzung waren für einen Arbeitsbeginn. Wir müssen allein und von allen verlassen sein, wenn wir eine Geistesarbeit angehen wollen!

THOMAS BERNHARD

Von Vernunft und Leidenschaft

Und wieder ergriff die Priesterin das Wort und sprach: »Rede uns von Vernunft und Leidenschaft.«

Und er antwortete also:

Eure Seele ist oft ein Schlachtfeld, auf dem Vernunft und Verstand einen Kampf ausfechten gegen Leidenschaft und Gelüst.

Oh, könnte ich doch Friedensstifter sein in eurer Seele und Mißklang und Zwietracht in eurem Wesen in Einklang und Harmonie verwandeln!

Doch wie vermöchte ich dies, so ihr nicht selber Friedensstifter seid, ja, so ihr nicht alle Wesensarten in euch liebet?

Vernunft und Leidenschaft sind das Ruder und die Segel eurer seefahrenden Seele.

Sind Segel oder Ruder gebrochen, so könnt ihr euch nur noch hin- und herwerfen und treiben lassen, oder auf offner See zum Stillstand gezwungen werden.

Denn Vernunft, wo sie allein waltet, ist eine einschränkende Kraft; und Leidenschaft ohne Wärter ist eine Flamme, die ihrer Selbstverzehrung entgegenbrennt.

Daher möge die Seele eure Vernunft zum Gipfel der Leidenschaft entflammen, auf daß sie singe;

Und möge sie eure Leidenschaft lenken mit Vernunft, auf daß diese Leidenschaft ihre tägliche Wiedergeburt erlebe und, dem Phönix gleich, aus eigener Asche auferstehe.

Ich wollte, ihr sähet in eurem Verstande und eurem

Gelüst nichts anders als zwei geliebte Gäste in eurem Hause.

Sicher würdet ihr nicht den einen Gast mehr ehren als den andren; denn wer dem einen mehr Achtung zollt, verliert die Liebe und das Vertrauen beider.

Sitzet ihr auf den Hügeln, im kühlen Schatten weißer Pappeln, den Frieden und die Heiterkeit ferner Felder und Wiesen teilend, so spreche euer Herz in aller Stille: »Gott ruht in der Vernunft.«

Und wenn der Sturm kommt und der gewaltige Wind den Wald schüttelt und Donner und Blitz die Hoheit des Himmels verkünden, dann spreche euer Herz in Ehrfurcht: »Gott regt sich in Leidenschaft.«

Und da ihr ein Hauch seid in Gottes Welt und ein Blatt in Gottes Wald, solltet auch ihr ruhen in der Vernunft und euch regen in der Leidenschaft.

KHALIL GIBRAN

schwierige arbeit

für theodor w. adorno

im namen der andern
geduldig
im namen der andern die nichts davon wissen
geduldig
im namen der andern die nichts davon wissen wollen
geduldig
festhalten den schmerz der negation

eingedenk der ertrunkenen in den vorortzügen um fünf
uhr früh
geduldig
ausfalten das schweißtuch der theorie

angesichts der amokläufer in den kaufhallen um fünf uhr
nachmittags
geduldig
jeden gedanken wenden der seine rückseite verbirgt

aug in aug mit den totbetern zu jeder stunde des tages
geduldig
vorzeigen die verbarrikadierte zukunft

tür an tür mit dem abschirmdienst zu jeder stunde der
nacht
geduldig
bloßstellen den rüstigen kollaps

ungeduldig
im namen der zufriedenen
verzweifeln

geduldig
im namen der verzweifelten
an der verzweiflung zweifeln

ungeduldig geduldig
in namen der unbelehrbaren
lehren

HANS MAGNUS ENZENSBERGER

Diskussion mit der Studentenschaft beider Hochschulen. Der Waagsaal erweist sich als viel zu klein, so daß wir dann durch die Stadt ziehen, um uns in einem größeren Lokal niederzulassen zu Verhör und Gericht, und ich will nicht verhehlen, daß mich solcher Zustrom, gleichviel was folgt, als Zeichen von Interesse ebenso überrascht wie erfreut. Auch die Studenten, zeigt sich bald, erwarten von einem Schauspiel, daß es eine Lösung liefere. Das kommt immer wieder; Bedürfnis nach Führung. Und wenn man eine liefern würde? Zum Beispiel: Geht hin und verschenkt, was ihr besitzt, verzichtet auf eure Vorrechte, zieht hinaus und tut, wie Franziskus getan hat. Was würde geschehen? Nichts. Was wäre gewonnen? Man wüßte: der Autor ist offenbar ein Christ. Schön von ihm; im übrigen ist das natürlich seine Sache. Und in der Tat, das ist es auch! Die Lösung ist immer unsere Sache, meine Sache, eure Sache.

Henrik Ibsen sagte:

»Zu fragen bin ich da, nicht zu antworten.«

Als Stückschreiber hielte ich meine Aufgabe für durchaus erfüllt, wenn es einem Stück jemals gelänge, eine Frage dermaßen zu stellen, daß die Zuschauer von dieser Stunde an ohne eine Antwort nicht mehr leben können – ohne ihre Antwort, ihre eigene, die sie nur mit dem Leben selber geben können.

MAX FRISCH

Aufklärung ist der Ausgang des Menschen aus seiner selbst verschuldeten Unmündigkeit. Unmündigkeit ist das Unvermögen, sich seines Verstandes ohne Leitung eines anderen zu bedienen. Selbstverschuldet ist diese Unmündigkeit, wenn die Ursache derselben nicht am Mangel des Verstandes, sondern der Entschließung und des Mutes liegt, sich seiner ohne Leitung eines andern zu bedienen. Sapere aude! Habe Mut, dich deines eigenen Verstandes zu bedienen! ist also der Wahlspruch der Aufklärung.

Faulheit und Feigheit sind die Ursachen, warum ein so großer Teil der Menschen, nachdem sie die Natur längst von fremder Leitung frei gesprochen (naturaliter maiorennes), dennoch gerne zeitlebens unmündig bleiben; und warum es anderen so leicht wird, sich zu deren Vormündern aufzuwerfen. Es ist so bequem, unmündig zu sein. Habe ich ein Buch, das für mich Verstand hat, einen Seelsorger, der für mich Gewissen hat, einen Arzt, der für mich die Diät beurteilt, u. s. w.: so brauche ich mich ja nicht selbst zu bemühen. Ich habe nicht nötig zu denken, wenn ich nur bezahlen kann; andere werden das verdrießliche Geschäft schon für mich übernehmen. Daß der bei weitem größte Teil der Menschen (darunter das ganze schöne Geschlecht) den Schritt zur Mündigkeit, außer dem daß er beschwerlich ist, auch für sehr gefährlich halte: dafür sorgen schon jene Vormünder, die die Oberaufsicht über sie gütigst auf sich genommen haben. Nachdem sie ihr Hausvieh zuerst dumm gemacht haben, und sorgfältig verhüteten, daß diese ruhigen Geschöpfe ja keinen Schritt außer dem Gängelwagen, darin sie sie einsperreten, wagen durften: so zeigen sie ihnen nachher die Gefahr, die ihnen drohet, wenn sie es versuchen, allein zu gehen. Nun ist diese Gefahr zwar eben so groß nicht, denn sie würden durch einigemal Fallen wohl endlich gehen lernen; allein ein Beispiel von der Art macht doch schüchtern, und schreckt gemeiniglich von allen ferneren Versuchen ab.

Es ist also für jeden einzelnen Menschen schwer, sich aus der ihm beinahe zur Natur gewordenen Unmündigkeit herauszuarbeiten. Er hat sie sogar lieb gewonnen, und ist vor der Hand wirklich unfähig, sich seines eigenen Verstandes zu bedienen, weil man ihn niemals den Versuch davon machen ließ. Satzungen und Formeln, diese mechanischen Werkzeuge eines vernünftigen Gebrauchs oder vielmehr Mißbrauchs seiner Naturgaben, sind die Fußschellen einer immerwährenden Unmündigkeit. Wer sie auch abwürfe, würde dennoch auch über den schmalesten Graben einen nur unsicheren Sprung tun, weil er zu dergleichen freier Bewegung nicht gewöhnt ist. Daher gibt es nur wenige, denen es gelungen ist, durch eigene Bearbeitung ihres Geistes sich aus der Unmündigkeit heraus zu wickeln, und dennoch einen sicheren Gang zu tun.

IMMANUEL KANT

Ein Freund, ein verehrter, schreibt:

»Ich kann nicht verschweigen, daß ich dieses gewaltsame Offenhalten von Wunden, zu dem Du Dich wie so viele andere offenbar verpflichtet fühlst, für ein eigentliches Unglück halte.«

Ich halte für ein eigentliches Unglück: das Verbinden von Wunden, die noch voll Eiter sind – und sie sind voll Eiter – das Vergessen der Dinge, die nicht durchschaut, nicht begriffen, nicht überwunden und daher nicht vergangen sind.

Aber sind auf meiner Seite so viele?

MAX FRISCH

V

Ermutigung:
zu lieben

Ich will mit dem gehen, den ich liebe.
Ich will nicht ausrechnen, was es kostet.
Ich will nicht nachdenken, ob es gut ist.
Ich will nicht wissen, ob er mich liebt.
Ich will mit ihm gehen, den ich liebe.

Bertolt Brecht

Zehn Jahre lang ging Fátima Lapuente mit José Limón. Und schon bevor er sie darum bat, hatte sie, im Körper ein Glühwürmchengefunkel, dem Mann gehört, der das Gewimmel erst aufgestört hatte.

Angefangen hatte es bei einem nächtlichen Fest auf dem Land. Schon am Nachmittag war ein riesiges Lagerfeuer auf dem Hof angezündet worden, einem der platzgroßen Höfe, um die Gutshäuser herumgebaut werden und auf die dann die Balkone und Fenster gehen, so daß der Lichthunger gestillt werden kann, ohne daß man sich darum dem offenbar gefürchteten flachen Land stellen muß. Um das Feuer lagerten sich, nachdem der Stierkampf absolviert war, dann allmählich auch die Gäste.

José Limón hatte eine Gitarre mit. Er sang gleich zu Anfang die Ballade von dem auf der Suche nach der Geliebten einsam umherirrenden Reiter und hatte Fátima schon damit für sich gewonnen. Sie mochte keine strahlenden Burschen, an denen hatte ihr nie gelegen, und so war es dieser Trauergast, der sie faszinierte. Sie hörte ihn gegenüber singen und konnte durch das Geloder der Flammen seine Bewegungen sehen. »Du hast dein Leben lang, mein Herz«, sang er, »ein doppeltes Spiel getrieben.«

»Gewinnen kannst du nicht mal eines und spielst doch mit uns zwein«, fiel Fátima ein, und José ging um das Feuer herum und setzte sich zu ihr.

Auf das Gut wurden anläßlich des Festes einmal jährlich sämtliche Verwandten und Freunde der Familie Limón mit ihren Kindern und, wenn nötig, auch mit ihren Eltern eingeladen, um gemeinsam den Geburtstag des noch sehr gut schießenden und sehr gut kombinierenden alten Limón zu feiern.

Der Großvater und sein Enkel José waren auf dem Gut die einzige Herrschaft, und das Gut war das einzige, das der Familie nach der Revolution, die vor nicht langer Zeit stattgefunden hatte, noch geblieben war. Der alte Mann und José hatten am Tag des Fests in allen Zimmern die Betten bezogen, und selbst im Stall sollten Besucher schlafen, die betrunkensten und die jüngsten.

Gegessen wurde auf dem großen Hof, ohne Besteck, und die Gäste trennten sich ihre Fleischstücke mit den Händen von den Tieren, die in Agavenblätter gewickelt in einer Grube gebraten worden und nun auf diesen Blättern im Tod auch schön hergerichtet waren. Dazu gab es Mole, gefüllten Paprika, in Zwiebeln gebratene Kaktusblätter, rote und aus grünem oder andersfarbigem Gemüse bereitete Soßen und Most aus Ananas oder Sellerie und Pulque. Des alten Limóns Schwestern hatten in tagelanger Arbeit Clarissentörtchen, Mandelriegel und Marzipan gekocht und gebacken, damit der Gaumen nach soviel Scharfem und Salzigem auch etwas Süßes koste, ehe bei dem Blut kämpfender Hähne und Stiere, bei starken Getränken und bei Flüchen, von Ausgelassenheit erfüllt und zugleich träge die Nacht über den Feiernden hereinbräche. Zu vorgerückter Stunde verlernten dann selbst die Ritter des Kolumbusordens ihre guten Manieren, und in dem Trubel mochte ein Mädchen ausnahmsweise auch noch am Morgen an der Seite eines fremden Mannes singen, ohne daß es deshalb gleich am nächsten Tag heiraten mußte.

José und Fátima konnten so gemeinsam erleben, wie eine Kuh kalbte, die sich um den freien Abend nicht scherte. Drei Knechte zogen mit José an dem Kalb, daß es Fátima vor Entsetzen würgte, und es war noch immer Nacht, als sie vom Kuhstall zum Haus hinübergingen. Dicht an dicht standen die Sterne am Himmel, und da überließ sich Fátima den Armen des spröden Mannes, der in den vergangenen Stunden warm und überzeugend geworden war, der sich in eine Heimstatt verwandelt hatte.

Was genau sie an ihm reizte, konnte Fátima nie richtig erklären, doch daß er es war, der bei ihr die Glühwürmchen in Aufruhr versetzte, wußte sie immer, und auch, daß es sich für diesen Taumel lohnte zuzusehen, wie alle Mädchen außer ihr heirateten, eine nach der anderen. Alle ihre Freundinnen bekamen irgendwann Kinder, alle nähten und strickten und stapelten auf ihren Betten Spitzenbezüge und Kissenberge, nur um das Spiel spielen zu dürfen, das Limón und sie sich auf seinem unordentlichen harten Bett in der Hacienda auch so an vielen Abenden gönnten.

Alle Tage sagte ihr Mutter:

»José Limón ist kein Mann zum Heiraten.«

»Weiß ich auch«, antwortete darauf Fátima alle Tage.

Anderen Leuten galt er als dickschädelig, kühl und introvertiert, als aufbrausend, ichsüchtig, überheblich. Auch von seiner Kraft war die Rede und von seinen großen Händen und von seinem Blick, bei dem man argwöhnte, er müsse etwas zu verheimlichen haben. Die Leute fragten sich auch, wieso einer, der Fabriken und

Geschäfte besaß und also bequemer und gefahrloser leben konnte, die Mühen auf sich nahm, auf einer Hacienda zu arbeiten und einem greisen Großvater seine Allüren durchgehen zu lassen.

Verlobungszeiten konnten sich damals sehr lange hinziehen, die Fátimas aber dauerte über Gebühr lange. Als nach ihren ersten zwei Jahren Josés Großvater starb und damit der scheinbar einzige Grund wegfiel, das Gut nicht zu verkaufen, und er zu seiner seit Jahren wartenden Braut und einem geruhsameren Leben in die Stadt hätte ziehen können, war jedermann gespannt, wann denn nun die Hochzeit stattfinde.

Nur Fátima wußte immer, daß nie ein Hochzeitsdatum festgelegt werden würde, daß sich José Limón nicht in Fesseln legen ließ, weil ihm im Leben ganz andere Dinge wichtig waren, daß er weder mit ihr noch mit sonstwem je einen Haushalt gründen würde und daß sie es dennoch nie bereuen durfte, ihn von Anfang an mit Haut und Haaren geliebt zu haben, weil es anders zu ihrer Liebe gar nicht gekommen wäre. Bei José hätte es keinen Zweck gehabt, darauf zu warten, daß er um sie werbe, eher wäre ihnen so vielleicht alles entgangen, was sich zwischen ihnen abspielte. Und es spielte sich viel zwischen ihnen ab, wenn sie beieinander waren. Viel, das mit Ruhe und Vernunft nichts zu tun hatte. Solche Ideale mochten anderen vorschweben, was sie betrieben, war ein Wagnis, das nur einige wenige unternahmen, die darüber einsam und ruhelos werden.

Zehn Jahre waren die beiden mit ihrer ewig dauernden Verlobung anderen ein abschreckendes Beispiel, da wurde José Limón von den Landbesetzern erschossen. Zumindest wurde das in der Stadt behauptet: es seien die Landenteigner gewesen, wer sonst als die Landenteigner? Die hätten ihn dafür gehaßt, daß er seine Hacienda auf die Namen sämtlicher Familienmitglieder aufgeteilt hätte.

»Es waren nicht die Landenteigner«, sagte Fatima mit Bestimmtheit und ging zu dem Toten, den noch niemand angerührt hatte. Sie kniete bei ihm nieder und küßte und streichelte ihn auf dem nassen Steinboden. Sie drückte ihm die Augen zu und hob ihn dann auf, ohne fremde Hilfe, so als trage sie alle Tage schwere Männerkörper. Sie kämmte ihn und strich noch lange über seine erkalteten Wangen. Sie verlangte von den Knechten, das Grab unter der Esche vor dem Haus auszuheben. Sie ließ eine Matte kaufen, in die wurde ihr Schatz gewickelt, und sie wachte bei Kerzenlicht eine Nacht lang weinend an seiner Bahre wie bei einem toten Indio.

Am Tag darauf ließ sie seine Freunde den Sarg auf die Schultern heben und in die dunkle Erde hinablassen, und alle ihre Anweisungen wurden befolgt, als ob sie nicht seine Freundin, sondern seine rechtmäßige Witwe wäre und das beanspruchen könnte. Niemand, auch nicht Josés aus der Stadt angereiste Geschwister, Onkel und Tanten, ja, nicht einmal seine Mutter, wurde gefragt, wie die Zeremonie ablaufen solle.

Am Abend darauf schrieb Fátima dann in ihr Tagebuch:

»Heute haben wir José begraben und geweint und getrauert, als könne er sterben. Dabei wird uns schon morgen klar werden, daß er lebendig ist, wie er lebendiger gar nicht sein kann, und überhaupt ist es ganz und gar unmöglich, daß er vor mir stirbt. Es gäbe ja nicht genug Erde, das Licht zuzuschaufeln, das von ihm ausgeht, und selbst wenn er flüsterte, könnte auch kein Sturm seine Stimme übertönen. José gehört zu mir. Mein Leben ist von Josés Leben durchblutet, ich sehe mit seinen Augen, empfinde mit seinen Sinnen, wie soll mir das jemand nehmen? Mag er ruhig den Toten spielen, wer in anderen lebt, kann nicht sterben. Wenigstens diesen Teil von sich kann er nicht abtöten.«

Fátima hat nie geheiratet und nie wieder geliebt, und es hat auch niemand den Versuch gemacht, sie zu lieben. Kinder waren von ihr zugleich entzückt und befremdet. Bei Zwistigkeiten stand sie auf niemandes Seite, und niemand hörte sie je laut reden oder laut lachen. Es sah sie auch keiner in der Kirche weinen und nicht bei Begräbnissen, nicht zu Weihnachten, nicht im Theater. Um so öfter konnte man sie singen hören, und wenn die Kinder im Mai zum Blumenspenden in die Kirche gebracht wurden, hörte man aus dem Chor Fátimas volle traurige Stimme heraus. Weil sie mitsang, wurde, was sonst eine rituelle Routine gewesen wäre, bei der die Kinder den Vordermann in der Schlange mit ihrer Blume kitzeln, zu einem Privileg, das man nicht versäumen durfte. Noch heute beginnt bei manchen, wenn sie sich an Fátimas Gesang erinnern, ein Glühwürmchengefunkel.

Als Fátima, fünfzig Jahre nach José starb, wurde sie wie er unter der Esche begraben. Von dem Abend, an dem sie sich zum Sterben hinlegte, findet sich in ihrem Tagebuch die Eintragung:

»Ich glaube, Liebe ist wie Unsterblichkeit ein Ziel, auf das man hinlebt. Ein wunderschönes Ziel der Menschen.«

ANGELES MASTRETTA

Morgens und abends zu lesen

Der, den ich liebe
Hat mir gesagt
Daß er mich braucht.

Darum
Gebe ich auf mich acht
Sehe auf meinen Weg und
Fürchte von jedem Regentropfen
Daß er mich erschlagen könnte.

BERTOLT BRECHT

Die Liebe ist eines der leuchtendsten Beispiele jenes doppelten Instinktes, der uns antreibt, tief in uns hinein-, zugleich aber auch weit aus uns herauszugehen, um uns im »andern« zu verwirklichen. Sie ist Tod und Auferstehung, Einsamkeit und Kommunion. Das ist nicht alles. In jedem Menschenleben gibt es Zeiten des Bruches und der Vereinigung, der Trennung und der Versöhnung. Jeder dieser Momente ist ein Versuch, unsere Einsamkeit zu überwinden und in fremde Welten einzutauchen.

OCTAVIO PAZ

Verliebte

Uns ist so still, daß wir das Lied,
das gestern gesungene, hören:
»Du gehst bergauf, ich geh' ins Tal ...«
Wir hören – und wolln es nicht glauben.

Unser Lächeln ist keine Maske der Trauer,
Güte bedeutet nicht Entsagen.
Die jetzt nicht lieben, tun uns leid,
noch mehr, als sie es wohl verdienen.

Wir sind von uns so sehr verwundert,
was könnte uns noch mehr verwundern?
Kein Regenbogen nachts.
Kein Schmetterling im Schnee.

Und wenn wir einschlafen,
sehn wir im Traum die Trennung.
Doch dieser Traum ist gut,
ja, dieser Traum ist gut,
weil wir davon erwachen.

WISŁAWA SZYMBORSKA

Sie aßen und tranken. Er trank viel und kam ihr doch nicht näher. In der Nacht schlief er weit weg von ihr in seinem Bett. Sie schlief nur kleine, abgerissene, entsetzte, wirre Schlafstücke, und wenn sie wach war, suchte sie in der Dunkelheit seinen noch dunkleren Körper zu erkennen und horchte auf seinen Atem und meinte, ihn trotz der Entfernung einatmen zu können. Und atmete ein, wenn er ausatmete, wie um seinen Atem zu speichern, um täglich, hinein in alle undenkbare Zukunft, ihre Tagesration davon zu haben. Und bevor Licht ins Zimmer kam, war sie schon zweimal aufgestanden, leise, daß sie seinen tiefen Schlaf nicht wecke.

Sie wusch sich und kämmte sich und schminkte sich immer wieder. Und lag still und sah hinüber zu ihm und sah ihn hell werden. Und sah Sonnenlicht über seine nackten Beine streichen, über seine nackten Arme und über seinen Hinterkopf, denn er lag abgewendet von ihr, aber die eine Hand, deren Arm unter seinem Kopf lag, lag ihr zugewendet offen.

Als er erwachte, sah er, daß sie ihn ansah, und kam zu ihr.

ULLA BERKÉWICZ

Wien, 1. Juli 1914

Heute beginnt die zweite Hälfte meines Lebens. Seit heute nachmittag, 3 Uhr 55 Minuten, bin ich eine Frau. Was ich mir zehn Jahre lang undeutlich ausgemalt habe, ist nun wirklich geschehen, und zwar auf die allermerkwürdigste Art und Weise. Ich stieg nämlich kühn und unverschämt in seine Mansarde hinauf. Ich wußte, daß Papa geschäftlich in Sankt Pölten weilt und erst morgen zurückkehrt. Mama verbringt eine zweiwöchige Kur in Baden bei Wien. Ich hatte mir einen Vorwand ausgedacht. Keinen besonders schlauen, aber immerhin einen Vorwand. Da die Hitzewelle in den letzten Tagen verheerende Formen annahm, beschloß ich, meinem Liebsten eine Karaffe Zitronenwasser zu bringen. Ich fragte durch die Tür, ob er Durst habe. Er antwortete mit gekünstelter Sachlichkeit, er könne mich nicht verstehen, ich solle eintreten. Das tat ich auch, doch als ich die Schwelle übertrat, fiel mir die Flasche aus der Hand und ging in Trümmer ... Scherben sollen Glück bringen, heißt es, und sie brachten mir Glück. Henryk B. Kamin, diese Wolke in Hosen, der Engel meiner Träume, lag nackt auf dem Bett und las ein dickes Buch, das er unverzüglich über sein Gesicht stülpte. Ich brachte vor Schrecken keinen Laut hervor. Er aber schien hervorragend gelaunt und fragte, ob mir der Anblick seiner unbekleideten Nase die Sprache verschlagen habe. Normalerweise hätte ich über einen solchen Scherz gelacht, doch diesmal verließ mich mein Sinn für Humor. Ich blickte nicht auf seine unbekleidete Nase, die er schamhaft verdeckt hielt, sondern auf den eigentümlichen Schwengel, der sich zwischen seinen Schenkeln zu regen begann und wie ein Pilz aus seinem Leib hervorwuchs. Ich war buchstäblich hypnotisiert. Mein Anstand gebot mir davonzulaufen. Mein Instinkt hingegen hieß mich dazubleiben und von der verbotenen Frucht zu kosten. In meiner Verlegenheit gab ich vor, die Scherben der unglückseligen Karaffe einsammeln zu müssen, was mich in die unmittelbare Nähe des Geliebten brachte. Henryk hielt immer noch sein Antlitz unter seinem Schmöker versteckt und fragte, ob mir nicht heiß sei. Darauf fand ich endlich meine Sprache wieder und gab zur Antwort – meine Stimme muß gescheppert haben wie ein verstimmtes Klavier –, in diesem Haus sei die Hitze vollkommen unerträglich, im Dachstock noch unerträglicher als unten, und ich müsse wohl in meine Wohnung zurückkehren. Mein Abgott sagte darauf, er würde es durchaus verstehen, wenn ich mich ebenfalls meiner Kleider entledige. Es gebe keinen Grund, sich zu schämen, da er ja ebenfalls nackt sei und außerdem wegen des dicken Buchs über seinem Kopf gar nichts sehen könne. Er mußte mir versprechen, daß er wegschauen würde, und ich streifte die Kleider vom Leibe, wobei mir ein süßer Schauer durch die Eingeweide rieselte. Als ich ihn fragte, wo ich mich hinsetzen dürfe, um einen Augenblick zu verschnaufen – wie ich das alles jetzt aufschreibe, sehe ich, wie maßlos blöd ich mich verhielt –, ergriff er meine Hand und zog mich behutsam auf sein Bett. Ich schreibe, als hätte ich einen vergnüglichen oder, besser gesagt, einen ganz gewöhnlichen Sommernachmittag verbracht. In Wirklichkeit bebte ich von den Haarwurzeln bis zur großen Zehe. Meine Gedanken verwickelten sich zu einem wirren Knäuel, und die Worte erstarben mir auf der Zunge, denn ich wußte, daß es sich nun ereignen mußte. Ich wollte es unbedingt. Um jeden Preis, und wenn ich dabei sterben müßte. Ich hatte mich jahrelang nach diesem Augenblick gesehnt. Ich hatte von Henner geträumt, von Baltyr und Daschynski, sogar von unserem Rabbiner, aber ich wollte mich aufsparen für den Auserwählten, für den wahren Liebhaber, der kommen würde, um das große Feuerwerk in meinem Körper zu entzünden. Ich hatte gelesen, daß die Entjungferung eine furchtbare Pein sei, ein erniedrigender Gewaltakt gegen die Selbstbestimmung der Frau. Das ist ein lächerlicher Humbug, eine dumme Lüge. Ich habe nicht geweint, sondern gelacht. Er auch. Zuerst streichelte er ganz sachte meinen Bauch und meine Hüften. Dann nahm er einen Pinsel vom Nachttisch, tauchte ihn in ein Farbtöpfchen und fing an, meinen Leib zu bemalen. Auf die beiden Brüste zwei lustige Vögel. Um den Nabel herum eine riesige Sonnenblume und zuletzt je einen Wegweiser auf meine Schenkel. Auf den einen schrieb er: Zur Grotte der Kalypso, 15 Zentimeter. Auf den anderen hingegen: Zum Garten der Lüste, 15 Minuten. Als ich ihn fragte, warum denn so lange, entgegnete er, das alles sei so unheimlich genußvoll, daß man nichts übereilen dürfe. Ich gab ihm zu verstehen, daß ich keine Geduld hätte, eine halbe Ewigkeit zu warten. Da sagte er, fünfzehn Minuten seien keine halbe, sondern eine viertel Ewigkeit. Dabei drückte er mir einen Pinsel in die Hand und forderte mich auf, nun meinerseits *ihn* zu betünchen. Da mir nichts Originelles einfiel, schlug er vor, ich solle seinen Pfeil mit den

Farben der französischen Revolution verzieren, was ich mit zitternder Hand auch versuchte. Dabei mußte ich das sonderbare Ding mit den Fingern anfassen und dabei geriet ich in die wunderbarste Erregung. Es fühlte sich an wie eine Herkuleskeule im Laubwald, wie eine Kreuzung zwischen einer seidigen Blindschleiche und einem kratzigen Stalaktiten. Ich konnte es kaum erwarten, von dieser Waffe durchbohrt zu werden. Henryk munterte mich auf, seinen Dorn ganz sanft und sorgsam in meinen Kelch gleiten zu lassen und ihn auf den Mund zu küssen. Ich tat alles, was er sagte. Ich drückte meine Lippen innig auf die seinen. Ich küßte seine Augen und seinen Hals. Ich spürte, daß ein Wasserfall meine Lenden durchschäumte. Feuergarben schossen durchs Rückenmark, und ich schrie vor Lust und süßem Schmerz, denn eine jahrelange Sehnsucht erfüllte sich endlich. Er drückte mich an seinen Körper, daß ich fast das Bewußtsein verlor, und dann war mir plötzlich, als ergieße sich seine Seele warm und übermütig in meinen Leib. Das war der sechste Tag der Schöpfung, die Morgendämmerung meines Lebens. Alles Bisherige war dagegen nur Spielerei gewesen. Erst heute erfuhr ich das wirkliche Ideal.

ANDRÉ KAMINSKI

Was es an Aufregung noch gibt, ist nur ein eiliges Suchen nach Haarnadeln und Strümpfen, ein leichtes Zittern beim Auftragen der Wimperntusche und beim Hantieren mit den Lidfarben, den schmalen Pinseln für die Lidstriche, bei dem Eintauchen der luftigen Wattebauschen in hellen und dunklen Puder. Oder ein ununterdrückbares Feuchtwerden der Augen beim Hin- und Herlaufen zwischen dem Badezimmer und dem Korridor, beim Suchen nach der Tasche, dem Taschentuch, ein Anschwellen der Lippen, nur solch winzige physiologische Veränderungen sind es, eine leichtere Gangart, die einen Zentimeter größer macht, und eine leichte Gewichtsabnahme, weil es später Nachmittag wird und die Büros zu schließen anfangen und dann die Infiltration dieser Guerillas von Tagträumen, die die Ungargasse unterwandern und aufwiegeln, sie plötzlich ganz besetzt haben mit ihren herrlichen Proklamationen und dem einzigen Losungswort, das sie für ihr Ziel wissen, und wie könnte dieses Wort, das heute schon für die Zukunft steht, anders heißen als Ivan.

Es heißt Ivan. Und immer wieder Ivan.

INGEBORG BACHMANN

In jenen süßen warmen Zustand von Benommenheit versetzt, empfinde ich es als Gewaltsamkeit, den Raum zu verlassen, die zum Überdruß bekannten Straßen zu queren, um zu deinem Haus zu kommen. Man sollte einen kleinen fliegenden Teppich besitzen, und man müßte jederzeit ohne Behinderung dorthin gelangen können, wo man zu sein wünscht. So aber bleibt es an diesem Nachmittag dabei, daß ich nur in Gedanken dreimal um Straßenecken biege, das holprige Pflaster unter meinen Sohlen verwünsche, vier Stockwerke hoch steige und an deine Türe klopfe. Ja, es hat geklopft, ich bin es.

FRIEDERIKE MAYRÖCKER

Erinnerung an die Marie A.

1

An jenem Tag im blauen Mond September
Still unter einem jungen Pflaumenbaum
Da hielt ich sie, die stille bleiche Liebe
In meinem Arm wie einen holden Traum.
Und über uns im schönen Sommerhimmel
War eine Wolke, die ich lange sah
Sie war sehr weiß und ungeheuer oben
Und als ich aufsah, war sie nimmer da.

2

Seit jenem Tag sind viele, viele Monde
Geschwommen still hinunter und vorbei.
Die Pflaumenbäume sind wohl abgehauen
Und fragst du mich, was mit der Liebe sei?
So sag ich dir: ich kann mich nicht erinnern
Und doch, gewiß, ich weiß schon, was du meinst.
Doch ihr Gesicht, das weiß ich wirklich nimmer
Ich weiß nur mehr: ich küßte es dereinst.

3

Und auch den Kuß, ich hätt ihn längst vergessen
Wenn nicht die Wolke dagewesen wär
Die weiß ich noch und werd ich immer wissen
Sie war sehr weiß und kam von oben her.
Die Pflaumenbäume blühn vielleicht noch immer

Und jene Frau hat jetzt vielleicht das siebte Kind
Doch jene Wolke blühte nur Minuten
Und als ich aufsah, schwand sie schon im Wind.

BERTOLT BRECHT

Ich hab mir lang den Kopf zerbrochen,
Mit Denken und Sinnen, Tag und Nacht,
Doch deine liebenswürdigen Augen,
Sie haben mich zum Entschluß gebracht.

Jetzt bleib ich, wo deine Augen leuchten,
In ihrer süßen, klugen Pracht –
Daß ich noch einmal würde lieben,
Ich hätt es nimmermehr gedacht.

HEINRICH HEINE

Das einzige, was den Menschen noch retten kann, ist die Liebe. Und obschon es so viele Menschen behauptet haben, hat die Liebe nicht erfahren, wer sie als Banalität abstempelt. In Weinen ausbrechen, wenn du der Menschen gedenkst, alles im Gefühle höchster Verantwortlichkeit lieben, von einer einhüllenden Schwermut umfaßt werden, wenn du an die Tränen denkst, die du noch nicht für die Menschheit vergossen hast, das bedeutet sich durch Liebe, den einzigen Quell der Hoffnungen, erretten.

Sosehr ich auch auf der Verzweiflung Höhen ringe, will und kann ich nicht auf die Liebe verzichten, sie verlassen, selbst wenn Verzweiflung und Gram den lichten Born meines Wesens trüben, der sich in irgendeinem fernen Winkel meines Daseins verbirgt.

Durch alles kann ich in dieser Welt stürzen, nur durch gewaltige Liebe nicht. Und wenn man deine Liebe mit Verachtung oder Gleichgültigkeit erwiderte, wenn dich alle Menschen im Stich ließen und die Einsamkeit deine höchste Verlorenheit wäre, würden alle Strahlen deiner Liebe, die nicht in andere dringen konnten, um sie zu erleuchten oder ihre Düsterkeit noch geheimnisvoller erscheinen zu lassen, zurückstrahlen und in dich zurückfluten, auf daß ihr Glanz dich im Augenblick des letzten Verlassenseins gänzlich in Licht und ihre Lohen dich in Glut auflösen. Dann übt die Finsternis keine unwiderstehliche Anziehung mehr aus, und dir wird beim Anblick von Schlünden und Abgründen nicht mehr wirbelig.

Doch um den Zugang zum allumfassenden Licht zu

finden, um zum Taumel der absoluten Herrlichkeit emporzusteigen, um die Höhen und Grenzen der Seligkeit zu erklimmen, durch Strahlen entmaterialisiert und durch Heiterkeit geläutert, mußt du der Dialektik von Licht und Dunkel endgültig entronnen sein und die unumschränkte Autonomie des ersten Gliedes erreicht haben. Allein, wer kann solche Liebe empfinden?

E. M. CIORAN

Du bist eine Frau, vielleicht ein Mädchen, und im stillen fragst du manchmal, was ich möchte; einen ganzen Nachmittag sind wir gewandert, zu weit für deine schmalen Schuhe, und gesprochen haben wir nichts Besonderes. Du gabst deine Hand, während wir die Hänge hinuntergingen; wir sagen uns du, und am andern Morgen erwache ich, wie man am Meer erwacht. Meine Hand bleibt voll von der deinen. Aber nimm es nicht schwer; kein Brief soll dich rufen, wenn du gehst. Du bist jung, und ich bin froh, daß es dich gibt. Die Erde, die du betreten hast, ist wieder eine Erde zum Wandern, und alles Vorhandene bist du. Ich sehe die blühenden Zweige, die du vom Baume brichst, und ich sehe die Hunde, die nach deinen Steinen springen. Die Früchte, die du zum Munde nimmst, das alles ist rund und vorhanden und voll, wie deine Stirne voll ist und jung und ohne Durchsicht; du bist die Gegenwart hinter allem. Es ist, als blühen die Felder aus dir, hier, wo du noch nie gegangen bist, und die Luft ist voll Glanz deiner Augen. Ich möchte erzählen können, was alles ich sehe, die Landschaft mit Kiefern und Ulmen und fremden Giebeln darin, mit Flüssen und endlosen Wäldern und Schlössern, deren Fenster in der Abendsonne blinken, mit Brücken und Trümmern von Brücken, mit Domen, die aus zerstörten Städten steigen. Du bist es, was die Bilder hält, die Farben vor der Nacht, und alles Licht, das die Sonne vergeudet, es fiele ins Finstere, wenn es nichts gäbe, was man liebt –

MAX FRISCH

Die Ballade von der großen Liebe

Ich weiß, was eine Ballade ist. Ich erinner mich noch aus der Schul. Und dann als Buchdruckerlehrling. Aber da druckten wir rosarote Balladen, die sich um das wichtigste herumdrehten. Um das wichtigste in der Liebe. Denn das ist das Bett.

Es muß weiß sein und breit und ordentlich.

Und nun will ich berichten von meiner großen Liebe.

Doch wer hört mir zu? Ich berichte ja nur mir selbst –

Wenn ich abends auf meinem Strohsack liege in der Kaserne, dann ist es dunkel und ich denke nach in der Finsternis.

Ich denke ja nur, und laß mir nichts anmerken.

Keiner meiner Kameraden weiß etwas davon.

Keiner meiner Kameraden ahnt, daß ich ein anderer Mensch geworden bin. Ein anderer Mensch durch die große Liebe.

Ich kanns noch immer nicht recht begreifen.

Es ist also so.

Ich bin wirklich ein anderer Mensch geworden. Ich glaube sogar, ein besserer –

Denn ich bin glücklich. Heiterer. Ich ärger mich nicht mehr über Kleinigkeiten. Es ist eine Änderung eingetreten.

Seit drei Wochen. Und das ist doch gar keine Zeit.

Aber wenn ich heut denke, wie ich war vor einem Jahr um diese Zeit, dann gefall ich mir nicht.

Wenn ich heut zurückdenk, so glaub ich, ich hab

schlecht gerochen. Ich hab zwar immer schon weiße Handschuhe gehabt, aber ich hab mir meine Hände nicht so oft gewaschen, wie heute.

ÖDÖN VON HORVÁTH

Wenn Herr K. einen Menschen liebte

Was tun Sie«, wurde Herr K. gefragt, »wenn Sie einen Menschen lieben?« »Ich mache einen Entwurf von ihm«, sagte Herr K., »und sorge, daß er ihm ähnlich wird.« »Wer? Der Entwurf?« »Nein«, sagte Herr K., »der Mensch.«

BERTOLT BRECHT

Die Perlen

Ich bin am frühen Morgen heimgekehrt und habe mich fröstelnd ins Bett gelegt, zitternd in einem melancholischen Wahn und eiskalt. Vorhin noch, in deinem Zimmer, trennte mich alles von dir, deine Freunde von gestern, deine Pläne von morgen – ebenso viele Feinde, ebenso viele Verschwörungen gegen mich –, deine Gedanken der Stunde – ebenso viele vage und unbetretbare Orte. Jetzt, da ich fern bin von dir, scheint mir, diese unvollkommene Anwesenheit, flüchtige und von den Küssen nur allzu schnell weggezogene Maske ewiger Abwesenheit, würde genügen, um mir dein wahres Gesicht zu zeigen und um die Wünsche meiner Liebe zu erfüllen. Ich mußte weggehen, traurig und eiskalt fern von dir sein! Aber durch welchen plötzlichen Zauber beginnen die vertrauten Träume unseres Glücks wieder aufzusteigen, dichter Rauch über einer hell brennenden Flamme, freudevoll und ohne Unterbrechung aufzusteigen in meinem Kopf? In meiner unter der Decke aufgewärmten Hand ist der Geruch der Rosenzigaretten erwacht, die du mir zu rauchen gegeben hattest. Mit langen Zügen atme ich, den Mund an meine Hand gepreßt, den Duft, der in der Wärme der Erinnerung dichte Wolken von Zärtlichkeit, von Glück und von *dir* verströmt. Ah! meine kleine Vielgeliebte, jetzt, da ich dich so gut entbehren kann, da ich freudevoll in der Erinnerung an dich dahinschwimme – die in diesem Augenblick mein Zimmer erfüllt –, ohne daß ich gegen deinen unüberwindlichen Körper ankämpfen müßte, sage ich es dir auf absurde, sage ich es dir auf unverbrüchliche Weise: ich kann dich nicht entbehren. Nur deine Anwesenheit gibt meinem Leben jene feine, melancholische und warme Tönung, wie den Perlen, die die Nacht auf deinem Körper verbringen. Wie sie lebe und nehme ich die traurigen Nuancen meiner Stimmung von deiner Wärme, und wie sie würde ich sterben, wenn du mich nicht auf dir behalten würdest.

MARCEL PROUST

VI
Ermutigung: den eigenen Weg zu gehen

Ich liebe nur jenen, der weiter schreitet, als er ist; *der seine Ursprünge und das ihm Vorausgehende erfühlt; der sich der Zeiten entsinnt, da nicht* er *war; der in die Antizipationen der Individuation springt.*

E. M. Cioran

Es gibt für Jeden keinen andern Weg der Entfaltung und Erfüllung als den der möglichst vollkommenen Darstellung des eigenen Wesens. »Sei Du Selbst« ist das ideale Gesetz, zu mindest für den jungen Menschen, es gibt keinen andern Weg zur Wahrheit und zur Entwicklung.

Daß dieser Weg durch viele moralische und andre Hindernisse erschwert wird, daß die Welt uns lieber angepaßt und schwach sieht als eigensinnig, daraus entsteht für jeden mehr als durchschnittlich individualiserten Menschen der Lebenskampf. Da muß jeder für sich allein, nach seinen eigenen Kräften und Bedürfnissen, entscheiden, wieweit er sich der Konvention unterwerfen oder ihr trotzen will. Wo er die Konvention, die Forderungen von Familie, Staat, Gemeinschaft in den Wind schlägt, muß er es tun mit dem Wissen darum, daß es auf seine eigene Gefahr geschieht. Wieviel Gefahr einer auf sich zu nehmen fähig ist, dafür gibt es keinen objektiven Maßstab. Man muß jedes Zuviel, jedes Überschreiten des eigenen Maßes büßen, man darf ungestraft weder im Eigensinn noch im Anpassen zu weit gehen.

HERMANN HESSE

Aber auch wenn uns die Zukunft nichts hoffen ließe – unser wunderliches Dasein gerade in diesem Jetzt ermutigt uns am stärksten, nach eignem Maß und Gesetz zu leben: jene Unerklärlichkeit, daß wir gerade heute leben und doch die unendliche Zeit hatten zu entstehen, daß wir nichts als ein spannenlanges Heute besitzen und in ihm zeigen sollen, warum und wozu wir gerade jetzt entstanden. Wir haben uns über unser Dasein vor uns selbst zu verantworten; folglich wollen wir auch die wirklichen Steuermänner dieses Daseins abgeben und nicht zulassen, daß unsre Existenz einer gedankenlosen Zufälligkeit gleiche. Man muß es mit ihr etwas kecklich und gefährlich nehmen: zumal man sie im schlimmsten wie im besten Falle immer verlieren wird. Warum an dieser Scholle, diesem Gewerbe hängen, warum hinhorchen nach dem, was der Nachbar sagt? Es ist so kleinstädtisch, sich zu Ansichten verpflichten, welche ein paar hundert Meilen weiter schon nicht mehr verpflichten. Orient und Occident sind Kreidestriche, die uns jemand vor unsre Augen hinmalt, um unsre Furchtsamkeit zu narren. Ich will den Versuch machen, zur Freiheit zu kommen, sagt sich die junge Seele; und da sollte es sie hindern, daß zufällig zwei Nationen sich hassen und bekriegen, oder daß ein Meer zwischen zwei Erdteilen liegt, oder daß ringsumher eine Religion gelehrt wird, welche doch vor ein paar tausend Jahren noch nicht bestand. Das bist du alles nicht selbst, sagt sie sich. Niemand kann dir die Brücke bauen, auf der gerade du über den Fluß des Lebens schreiten mußt, niemand außer dir allein. Zwar gibt es zahllose Pfade und Brücken und Halbgötter, die dich durch den Fluß tragen wollen; aber nur um den Preis deiner selbst: du würdest dich verpfänden und verlieren. Es gibt in der Welt einen einzigen Weg, auf welchem niemand gehen kann außer dir: wohin er führt? Frage nicht, gehe ihn.

FRIEDRICH NIETZSCHE

Mein »ich kann nicht« ist am allerwenigsten Schwäche. Im Gegenteil: es ist meine Hauptstärke. Es gibt also etwas in mir, das trotz all meinem Wollen (meiner Gewaltanstrengungen mir selbst gegenüber!) dennoch nicht will, trotz all meinem wollenden Willen, der gegen mich selbst gerichtet ist. Das nicht will, um all meiner selbst willen; es gibt also (außer meinem Willen!) ein »in mir«, »mein«, »mich selbst«, – es gibt mich.

MARINA ZWETAJEWA

Ich säume nicht, Ihnen sofort zu schreiben, denn wenn ich auch noch so wenig Kraft hätte, Ihnen zu helfen, könnte ich nicht stumm ansehen, daß Sie in jenen furchtbaren Abgrund hineingleiten, den wir vermeiden *müssen*, und vor dem, auch wenn es noch so nutzlos sein sollte, nicht eindringlich genug gewarnt werden kann. Ich wünschte sehr, jetzt mit Ihnen sprechen zu können, vielleicht würde ich mehr Erfolg haben, weiß ich doch aus ähnlichen, unendlich traurigen Fällen, wie machtlos das geschriebene Wort gegen die Verzweifelung ist. Aber seien Sie versichert, daß ich Ihnen dies im heiligsten Ernst und der größten Andacht schreibe, deren ich fähig bin, gewiß haben Sie sich das alles auch schon, und vielleicht gar viel öfter als ich, gesagt, und dennoch will ich es Ihnen noch einmal wiederholen. Das geistige Zentrum ist stärker als die Gewalt, und es gibt für uns kein anderes Mittel, keine andere Waffe gegen die teuflische Gewalt, gegen die Ungerechtigkeit und Un-Ordnung, als ihre Überwindung durch Konzentrierung auf das Centrum. Man darf wohl sagen, daß Magie dazu gehört, um hier wirklich zu überwinden.

GERSHOM SCHOLEM

Kaum bin ich vier Tage hier, so scheinen es mir schon vier Jahre zu sein. Die Zeit wird mir lang und ich werde verdrießlich.

Ich möchte Sie ein wenig mit unseren häuslichen Angelegenheiten unterhalten, da Sie mir das gestattet haben. Zunächst einmal kann man sich keine drei Wesen von unterschiedlicherem Charakter vorstellen als meine Schwester, meinen Bruder und mich. Schwesterchen ist lebhaft, geschäftig, heiter, entschieden, schnell aufgebracht und beruhigt sich nur langsam wieder, sorgt sich um kein Heute oder Morgen und läßt sich von nichts und niemandem beeindrucken; sie tut was sie will und geht mit der Sprache noch freier heraus; sie ist eine Art weiblicher Diogenes. Ich bin der einzige Mann, den sie lieben würde, und sie hat mich auch sehr lieb. Meine Freude fühlt sie mit, und mein Leid würde sie umbringen.

Der Abbé kam empfindsam und fröhlich zur Welt. Er wäre geistreich geworden, aber die Religion hat ihn bänglich und kleinmütig gemacht. Er ist traurig, stumm, ängstlich und mürrisch. Er schleppt immer einen unbequemen Maßstab mit sich, an dem er das Verhalten der anderen und das seine mißt. Er fällt anderen und sich selbst zur Last. Er ist eine Art christlicher Heraklit, stets bereit, die Narrheit von seinesgleichen zu beweinen. Er spricht wenig. Er hört lange zu und ist selten befriedigt.

Sanft, leichtmütig, nachgiebig, und das vielleicht im Übermaß, scheine ich genau die Mitte zwischen ihnen einzunehmen. Ich bin wie das Öl bei rauhen Maschinenteilen, das ihr Kreischen verhindert, wenn sie sich berühren. Aber wer wird ihre Stürme besänftigen, wenn ich nicht mehr hier bin? Diese Sorge beunruhigt mich. Ich scheue mich, sie zu versöhnen, denn wenn sie sich eines Tages trennen würden, dann unter Krach. Billig und uneigennützig denken wir alle. Gott sei Dank geht alles rasch und gut zuende, ohne daß ich mich einmische. Mein Vater hat uns dreißigtausend Francs in Verbindlichkeiten, zwanzig Tonnen Getreide im Wert von vierzigtausend Francs, ein Stadthaus, zwei hübsche Landhäuschen, Weinberge, Waren, einige Schuldforderungen und das Mobiliar eines Mannes von seinem Stande hinterlassen. Mein Bruder und meine Schwester werden bei der Teilung besser davonkommen, und ich bin froh darüber. Sollen sie sich doch aneignen, was ihnen gefällt, und mich nach Hause schicken. Warum auch behagte mir früher das hiesige Leben so und finde ich es heute unerträglich? Das kommt davon, meine liebe Sophie, daß ich früher nicht liebte und jetzt liebe.

An und für sich sind die Dinge gar nichts. Sie haben keine wirkliche Süße oder Bitterkeit. Unsere Seele macht sie erst dazu, und die meine ist übel dafür aufgelegt. Meine ganze Umgebung ist mir lästig, macht mich traurig und mißfällt mir. Aber stellte man mir hier meine Freundin in Aussicht: sie brauchte nur zu erscheinen, und alles wäre sofort verschönt. Wie sich die Dinge für mich verändert haben, so bin ich auch für sie längst nicht mehr derselbe.

DENIS DIDEROT

Erschütterung

Ich werde hinübergehen und schreien, laut schreien
und meinen Vater rufen und ein Geständnis
vorbringen,
aufstehn im Feuer und meine brennenden Hände
in den Rachen des Schnees stecken.

Ich werde die Blumen heimjagen von den Feldern
und meinen Büschen die Äste brechen für die
Erschütterung des Todes.
Ich werde meiner Trauer einen Brief mitgeben und sie
Gott empfehlen
und ihr sagen, daß sie Leben ist wie keine Leben,
Trauer in der Dämmerung der Vaterstädte!

Ich werde hinüber gehen und verkünden, woher ich
gekommen bin
und wohin ich gehe.
Ich gehe so weit, bis mich keiner mehr einholen kann
mit schmutzigen Schuhen. Kein Frost wird mein Herz
versteinern
vor der Ungewißheit der trüben Götter!

THOMAS BERNHARD

In mir kann ganz gut eine Konzentration auf das Schreiben hin erkannt werden. Als es in meinem Organismus klargeworden war, daß das Schreiben die ergiebigste Richtung meines Wesens sei, drängte sich alles hin und ließ alle Fähigkeiten leer stehn, die sich auf die Freuden des Geschlechtes, des Essens, des Trinkens, des philosophischen Nachdenkens, der Musik zuallererst, richteten. Ich magerte nach allen diesen Richtungen ab. Das war notwendig, weil meine Kräfte in ihrer Gesamtheit so gering waren, daß sie nur gesammelt dem Zweck des Schreibens halbwegs dienen konnten. Ich habe diesen Zweck natürlich nicht selbständig und bewußt gefunden, er fand sich selbst und wird jetzt nur noch durch das Bureau, aber hier von Grund aus, gehindert. Jedenfalls darf ich aber dem nicht nachweinen, daß ich keine Geliebte ertragen kann, daß ich von Liebe fast genauso viel wie von Musik verstehe und mit den oberflächlichsten angeflogenen Wirkungen mich begnügen muß, daß ich zum Silvester Schwarzwurzeln mit Spinat genachtmahlt und ein Viertel Ceres dazu getrunken habe und daß ich Sonntag bei Maxens Vorlesung seiner philosophischen Arbeit nicht teilnehmen konnte; der Ausgleich alles dessen liegt klar zutage. Ich habe also nur die Bureauarbeit aus dieser Gemeinschaft hinauszuwerfen, um, da meine Entwicklung nun vollzogen ist und ich, soweit ich sehen kann, nichts mehr aufzuopfern habe, mein wirkliches Leben anzufangen, in welchem mein Gesicht endlich mit dem Fortschreiten meiner Arbeiten in natürlicher Weise wird altern können.

FRANZ KAFKA

Nun habe ich freilich über Ihre Lage nicht die mindeste Kenntnis: haben Sie schon studiert und was? Wenn Sie Urlaub zum Studium bekommen, könnten Sie da durchsetzen, daß Sie in Jena studieren? Das wäre doch sehr schön. Vom grünen Tisch weg läßt sich nur wenig raten, was Sie eigentlich studieren wollen und sollen, ich würde mündlich gerne mit Ihnen darüber sprechen. Auch ich bin dem Gelde nach durchaus in schlechten Verhältnissen, besonders jetzt im Krieg, und doch habe ich gegen meinen Vater *alles* durchgesetzt, was ich wollte – freilich erst nach entsetzlichen Dingen. Ich war dazu entschlossen, auch ohne ihn zu studieren, und vielleicht wissen Sie, daß ich ein halbes Jahr lang bis zu meiner Einziehung mir meinen Lebensunterhalt selber verdienen mußte, weil mein Vater mich herausgeworfen hatte. Ich glaube, wenn Sie erst ein vollkommen klares Ziel haben und es *ganz* ernst meinen, werden Sie Ihrer Umgebung viel mehr aufzwingen können, als es jetzt vielleicht noch den Anschein hat.

GERSHOM SCHOLEM

Nachts im Wald

Bist du nie des Nachts durch Wald gegangen,
wo du deinen eignen Fuß nicht sahst?
Doch ein Wissen überwand dein Bangen:
Dich führt der Weg.

Hält dich Leid und Trübsal nie umfangen,
daß du zitterst, welchem Ziel du nahst?
Doch ein Wissen übermannt dein Bangen:
Dich führt dein Weg.

CHRISTIAN MORGENSTERN

Reinhold war noch nicht zehn und groß wie andere mit zwölf, war der erste in seinem Jahrgang im Turnerbund, hatte eine Eins im Fünfkampf und schlug selbst solche, die dreizehn waren. Manchmal aber bekam er Atemnot. Magda ging mit ihm zum Arzt. Der Bub hat einen Herzfehler, das Herz ist zu groß, sagte der, er ist empfindsam und muß Maß halten.

Reinhold lief zum Ziegenberg. Der stand gleich hinter der Stadt, war wildbewachsen und menschenleer: hohe Bäume, dichtes Unterholz, steile Wiesen und ein stillgelegtes Bergwerk. Dort malte er sich die Welt mit sich aus. Er wollte ein Mann werden, ein Kerl wie der Vater, einer, den keiner kränken oder beugen kann. – Aber kann einer mit Herzfehler ein Kerl werden? Mein Wille will es, rief er auf die Stadt hinunter und war sich seiner selbst wieder sicher.

ULLA BERKÉWICZ

Von den Kindern

Und ein Weib, das ein Kind an der Brust hielt, sagte: »Rede uns von den Kindern.«

Und er sprach also:

Eure Kinder sind nicht *eure* Kinder.

Es sind die Söhne und Töchter von des Lebens Verlangen nach sich selber.

Sie kommen durch euch, doch nicht *von* euch;

Und sind sie auch bei euch, so gehören sie euch doch nicht.

Ihr dürft ihnen eure Liebe geben, doch nicht eure Gedanken,

Denn sie haben ihre eignen Gedanken.

Ihr dürft ihren Leib behausen, doch nicht ihre Seele,

Denn ihre Seele wohnt im Hause von Morgen, das ihr nicht zu betreten vermöget, selbst nicht in euren Träumen.

Ihr dürft euch bestreben, ihnen gleich zu werden, doch suchet nicht, sie euch gleich zu machen.

Denn das Leben läuft nicht rückwärts, noch verweilet es beim Gestern.

KAHLIL GIBRAN

Fragendes Kind

Ziemlich lange müssen wir leider gestillt werden. Also nicht nur getränkt, sondern wörtlich auch beschwichtigt. Schreiend meldet so das Kind, was ihm fehlt, auch was ihm nicht paßt. Später legt sich das letztere leicht, der Mensch läßt sich viel gefallen, wo käme man sonst hin.

Aber sind Kinder nicht auch lange ruhelos fragend? Das ist, bei heranwachsenden, eine Art feinerer Schrei, und er ist nicht ohne weiteres stillbar. Da gibt es mehr Wieso, Warum, Wohin, als sich überhaupt beantworten läßt. Auch das legt sich meist später, der erwachsene Mensch kennt sich aus, oder es scheint ihm so. Freilich ist diese Art Stillwerden gleichfalls sonderbar, nur wenige Jahre nach so ruhelosem kindlichen Fragen. Und nicht nur Gewöhnung hat hier gedämpft, es wurde von obenher dem nachgeholfen, vor allem bei ärmeren Fragern, damit nicht zu viel und gar unangenehm gefragt würde. Etwa nach mehr Suppe, weniger Arbeit und wie das zusammen zu machen sei und anderem mehr, was nicht zum guten Betragen gehört. Von dergleichen wird abgelenkt oder auch schulend behauptet, das Gefragte sei schon da, sei nicht mehr fraglich. Auch deshalb läßt die Neugier von damals liebend oder unliebend gerne nach, und Ruten gibt es aus jedem Holz. Nur stirbt die Jugend nicht aus, so sehr der bloße Pauker auch handelt, als möchte er das. Das fragende Kind ist so immer wieder reizend, im doppelten Sinn, und mahnt ...

ERNST BLOCH

Bemerkung zum Engagement

Die Sache mit dem roten hölzernen Postauto gehört zu meinen frühesten Erinnerungen. Sie scheint unwichtig zu sein, und ich habe den Verdacht, daß sie nur wichtig ist, weil sie sich mir eingeprägt hat. Ich habe schon oft versucht, sie zu erzählen. Sie ist nicht erzählenswert, also schreibe ich sie auf.

Ich muß etwa vier gewesen sein, eines Tages stand vor unserer Tür ein Nachbarsbub – ich habe ihn als richtig groß und erwachsen in Erinnerung, vielleicht war er drei oder vier Jahre älter als ich –, er brachte mir sein hölzernes Postauto. Er sagte, daß sie umziehen müssen und daß dieses Auto im Umzugswagen keinen Platz mehr habe. Er schenkte es mir. Ich war sehr stolz darauf. Stolz darauf, daß ich derjenige war, der es geschenkt bekam, stolz darauf, es zu besitzen – möglich, daß ich daraus so etwas wie einen Kult machte.

Ein Jahr später zogen wir um – weit weg. Die Reihe war an mir. Ich bestand darauf, daß das Postauto im Umzugswagen keinen Platz habe. Meine Mutter gestand mir das zu: »Wenn du willst, daß es keinen Platz hat, dann hat es keinen Platz.« Ich nahm also das Auto unter den Arm – mein sehr geliebtes Auto –, ging zu einem Nachbarsbub und spielte das, was mich vor einem Jahr so beeindruckte, haargenau nach: »Wir ziehen um, und leider hat das Auto keinen Platz – du kannst es haben.« Er hat sich nicht besonders darüber gefreut, aber er hat es genommen. Es hat mich auch wirklich nicht sehr gereut. Die Szene war mir so viel wert, ich war nun ein Erwachsener wie jener, der es mir gebracht hatte.

Ich möchte gern wissen, warum er es getan hat, ich möchte wissen, ob auch er sich daran erinnert, ob es für ihn auch dasselbe war, das Erwachsensein.

Ich habe dem Postauto nie nachgetrauert. Ich hatte nur ein beklemmendes Gefühl, wenn ich daran dachte, und ich mochte Dinge nicht, die mich daran erinnerten. Es gibt auch – das fiel mir kürzlich auf – ein ganz bestimmtes Rot, das ich nicht mag.

Zehn Jahre später ein ähnliches Erlebnis mit einer Briefmarkensammlung. Diesmal hatte ich wirklich ein bißchen genug davon. Ich zeigte sie einem Freund und hatte den Eindruck, daß er sie mehr mochte als ich, also verschenkte ich sie. Ich vermisse sie heute noch nicht. Möglich, daß einzelne Stücke heute etwas kosten würden, das ist mir egal.

Meine Beklemmung hat nichts mit Besitz zu tun – im Gegenteil, ich bin stolz darauf, daß es mir gelungen ist, Besitz loszuwerden, Ballast abzuwerfen. Nur, ich bin nicht mehr überzeugt, daß dies mit Verzicht und Großzügigkeit zu tun hatte. So edel, wie es wirken sollte, war es nicht. Es war keineswegs Einübung in den Verzicht oder Einübung in die Großzügigkeit.

Was war es denn?

Ich habe oft den Eindruck, daß ich einfach eine günstige Gelegenheit suchte, mein geliebtes Postauto im Stich lassen zu können. Einübung in den Verrat? Einübung in die verratene Liebe? Könnte sein – meine Beklemmung jedenfalls ist die Beklemmung des Verräters.

Ist es nicht vielleicht so, daß man bei einer gescheiterten Liebe viel mehr unter der eigenen Liebesunfähigkeit leidet als unter dem Nicht-mehr-geliebt-Werden?

Ist das Einüben in den Verzicht nicht auch immer ein Einüben in den Verrat?

Oder ist vielleicht der Verrat die einzige Möglichkeit der Veränderung – der Versuch, ein anderer zu werden – ein Erwachsener zum Beispiel?

Ballast abwerfen ist etwas Schönes. Ich stelle mir Ballonfahren schön vor – aber man wirft Ballast immer endgültig ab. Wer aus dem Männerchor austritt – ein Verräter –, wird wohl kaum je wieder eintreten.

Wenn einer kommt und sagt, da war ich auch einmal und das war ich auch einmal und so war ich auch einmal – dann meint er es bitter.

Wenn einer kommt und sagt: Ich war auch einmal ein Linker, dann meint er damit nicht, daß er die Linken möge – und seine Bitterkeit beweist, daß sie ihn an etwas erinnern.

Ich weiß nicht, wie das ist bei Ballonfahrern. Ich nehme an, daß sie mit ihrem Ballast vorsichtig umgehen müssen, weil sie keinen mehr abwerfen können, wenn sie keinen mehr haben.

Vielleicht wäre Einübung in den Besitz doch wichtiger als die Einübung in den Verzicht. Vielleicht ist der Verzicht der größere Betrug unserer Gesellschaft als der Besitz. Wer lernt, zu verzichten, der lernt auch auf seine Meinung zu verzichten und auf seine Gefühle.

Ballast abwerfen – vielleicht heißt das Leben, vielleicht

heißt das älter werden, vielleicht ist das einfach so und überhaupt nicht erwähnenswert.

Älterwerden ist etwas Natürliches. Was mich daran stört, ist nur, wie früh es schon beginnt.

PETER BICHSEL

Das Leben stellt jedem eine andre, einmalige Aufgabe, und so gibt es auch nicht eine angeborene und vorbestimmte Untauglichkeit zum Leben, sondern es kann der Schwächste und Ärmste an seiner Stelle ein würdiges und echtes Leben führen und andern etwas sein, einfach dadurch, daß er seinen nicht selbstgewählten Platz im Leben und seine besondere Aufgabe annimmt und zu verwirklichen sucht. Das ist echtes Menschentum und strahlt immer etwas Edles und Heilendes aus, auch wenn der Träger dieser Aufgabe in den Augen aller ein armer Teufel ist, mit dem man nicht tauschen möchte.

HERMANN HESSE

Bloß nicht immer daran denken, was die anderen über einen denken. Das ist Kapitulation! Ruin ist das! Man versetzt sich in andere hinein, überläßt denen das Urteil über sich selbst, ist also verloren. Andere urteilen über dich immer, wie du nie möchtest, daß über dich geurteilt werde. Es interessiere dich nicht, wie andere über dich denken. Tritt auf als der, als der du angesehen sein willst.

MARTIN WALSER

Kehba

Ein junger Eskimo im nördlichen Alaska findet – ich stelle mir vor: im Schnee – einige Blätter einer alten Illustrierten. Vom Artikel, den er liest, fehlen Titel und Ende. Die paar Zeilen, die noch zu lesen sind, und die beiden Bilder genügen. Es ist ein Bericht über Transvestiten in New York. Das überrascht ihn sehr, daß es das gibt, und er steckt die Blätter ein. Er selbst ist ein Mann.

Erst Monate später macht er sich auf in die Stadt – durch den Schnee und zu Fuß, stelle ich mir vor, immer durch den Schnee bis New York.

Die Frau neben mir an der Bar ist nicht hübsch, aber fraulich, sie ist rundlich – das ist die Hormonbehandlung, sagt sie –, hat ein breites Gesicht und eine dunkle Stimme. Sie trägt, hier im Dunkeln, eine billige Plastiksonnenbrille mit rotem Gestell. Sie ist, wie alle hier um diese Zeit, betrunken, dies aber keineswegs laut und lallend wie ein Mann, sondern müde wie eine Frau. Sie ist nicht schön, aber sie gefällt mir mit ihren breiten Backenknochen, sie ist fast ungeschminkt. Als sie feststellt, daß sie mir gefällt, sagt sie etwas, und ich glaube vorerst, es liege an meinen schlechten Englischkenntnissen, daß ich verstehe: »Ich bin ein Mann.« Ich teile ihr mein vermeintliches Mißverständnis nicht mit, aber ich lächle bei der Vorstellung, daß ich verstanden habe, sie sei ein Mann, und sie erscheint mir jetzt noch fraulicher – sie hat sicher Kinder, und sie hat es sicher schwer, oder sie hat ein unschönes Gewerbe oder beides – wenn, dann beides. Draußen wird es schon hell, und sie wiederholt den Satz, den ich mißverstanden habe, so oft, bis ich sicher sein muß, ihn nicht mißverstanden zu haben: »Ich bin ein Mann.«

»Nein, du bist es nicht«, sage ich, »du bist eine schöne Frau«, sage ich. »Ich bin nicht schön«, sagt sie, und das sagt sie nicht so, wie eine schöne Frau das sagen würde. Sie ist nicht schön. »Aber mir gefällst du«, sage ich.

Nun steht sie auf, öffnet ihre Hosen, und diese Bewegung des Hosenöffnens ist das erste und einzig Männliche, was ich an ihr entdecke. Hier öffnet eine Frau ihre Hosen, wie das ein Mann tut. Und zwischen den Beinen hängt das, was zwischen den Beinen der Männer hängt, ganz klein und eingeschrumpft – die Hormonbehandlung, sagt sie. Und sie schließt ihre Hosen und ist wieder eine Frau.

Sie heißt Kehba Comming. Sie schreibt es mir auf einen tiefgelben Zettel, der herumliegt: »Kehba Comming, 472 west 51st street, apartment BN.«

Kehba Comming ist nicht der Name des Mannes, der tief in ihr drin ist. Es ist der Name der Frau, die mir erzählt, wie sie einst ein Mann war in Alaska. Ich stecke den tiefgelben Zettel ein. Ich bin geschmeichelt, daß sie ihn mir gibt, vielleicht mag sie mich. Ich sage, daß ich hoffe, daß wir uns wiedersehen. Ich nehme mein Herausgeld von der Bar und gehe.

Aber unter der Tür bleibe ich stehen, warte und gehe dann noch einmal zurück. »Entschuldige mich«, sage ich, »ich habe dich heute richtig ausgefragt, ich habe zu viel gefragt, ich hoffe, meine Fragen haben dich nicht gekränkt, aber ich hätte noch eine Frage.«

»Ja«, sagt sie.

»Bist du glücklich«, frage ich.

»Das fragen alle«, sagt sie, »aber es ging mir nicht darum, glücklich zu werden, es ging mir darum, eine Frau zu werden, ihr Männer versteht das nicht.« Ich wollte ihr noch etwas Gutes tun, als ich sagte, ich liebe dich, und ging.

PETER BICHSEL

Nachwort

Kein Zweifel: Zu allen Zeiten bedurfte, in allen Lebensphasen eines Menschen bedarf es der »Ermutigung«, und je gefährdeter einem die Welt oder »nur« die eigene Existenz erscheint, um so mehr wird nach Trost, Zuspruch, Hoffnung verlangt, ja erhalten »gute« Worte und Sätze plötzlich etwas Rettendes, Leuchtendes im Dickicht des Unübersehbaren und wirken, indem sie gesagt oder gelesen werden, befreiend.

Wahrlich, wir leben – nach Bertolt Brecht – in düsteren Zeiten. Was uns aus Gazetten und glänzenden und weniger glänzenden Magazinen entgegenkommt, was uns aus Dutzenden von Sendern überfällt und aus Bildschirmen anstarrt, ist in der Regel unerfreulich. Propheten des Untergangs haben Konjunktur. Depressionsspezialisten und »positive thinking«-Experten erobern beste Kolumnenplätze, und auch das Wetter soll früher besser und weniger aggressiv gewesen sein. Wahrlich, wir leben in düsteren Zeiten.

Und dennoch: Hat nicht jede Generation mit sehr bedrohlichen Gefährdungen zu leben gehabt? Mir persönlich sind noch die Worte meiner Eltern und meiner beiden Großmütter im Ohr, die ihre Zeit für die seit Menschengedenken schlimmste gehalten haben (wohlgemerkt: die Eltern die eine, die Großmütter die andere Zeit). Hat also nicht jede Generation mit ihrem möglichen Ende gelebt bzw. hat nicht jedes einzelne Menschenwesen die tiefe Angst, es könnte sich in nächster Zukunft etwas Entscheidendes ereignen und alles zum Schlechten wenden?

Wenn das aber so ist, dann ist »Ermutigung« etwas unauslöschbar Menschliches, unser dauernder Begleiter.

Es wundert mithin nicht, daß es in literarischen Texten besonders viel zur »Ermutigung« Beitragendes gibt, sind Schriftsteller doch Existenzen, die in besonderem Maße das auf ihre Welt Einströmende und sie oft Überflutende erfahren. Man muß freilich die »Ermutigung« in Romanen und Erzählungen, in Dramen und Gedichten nicht »wortwörtlich« suchen: Mut und Hoffnung schenkt jeder Text, der seinen Leser findet, und im Zusammenspiel des Lesers mit dem, das ihm im Buch begegnet, wachsen dem Lesenden viele Momente der Bekräftigung, hin und wieder sogar Glücksgefühle zu, die stärker sind als laute Parolen, die »draußen« zu vernehmen sind.

Bei der Zusammenstellung der Texte für dieses Bändchen stieß ich eines Abends auf einen Satz, der mich dann tagelang beschäftigte: »Mehr als Trost ist: Auch du hast Waffen.« Dieses ist der letzte Satz aus dem Tagebuch von Franz Kafka, wie Max Brod es uns hinterlassen hat. Der letzte Satz eines Menschen, der nicht zu den Glücklichen gezählt hat, notiert am 12. Juni 1923, in einer Phase großer Ängstlichkeit (»für alles unfähig, außer für Schmerzen«), und eben doch: »Auch du hast Waffen.«

Es geht wohl darum, wenn es um »Ermutigung« geht: die eigenen »Waffen« zu suchen, das Eigene aufzuspüren, sich nicht ablenken zu lassen von dem verlockend »anderen«, zu sich zu gelangen oder (und sei es für Augenblicke nur) bei sich zu sein. Wem dies gelingt, ist nie am Ende.

Rainer Weiss

Autoren- und Quellenverzeichnis

INGEBORG BACHMANN (1926-1973)
Wenn Ivan und ich schweigen, S. 33. Was es an Aufregung noch gibt, S. 111
Aus: Ingeborg Bachmann, Malina. Roman. © Suhrkamp Verlag Frankfurt am Main 1971
Auch ich habe in Arkadien gelebt, S. 49
Aus: Werke. Vier Bände. Herausgegeben von Christine Koschel, Inge von Weidenbaum, Clemens Münster. Zweiter Band: Erzählungen. © R. Piper & Co. Verlag München und Zürich 1978. Abdruck mit freundlicher Genehmigung des Piper Verlages

SAMUEL BECKETT (1906-1989)
Ein Strand, S. 32
Aus: Samuel Beckett, Werke in fünf Bänden. In Zusammenarbeit mit Samuel Beckett herausgegeben von Elmar Tophoven und Klaus Birkenhauer. Übertragungen von Elmar Tophoven, Erika Tophoven, Erich Franzen, Jonas Tophoven und Karl Krolow. Fünfter Band: Szenen. Prosa. Verse. © Suhrkamp Verlag Frankfurt am Main 1976

ULLA BERKÉWICZ (1951)
Sie aßen und tranken, S. 106
Aus: Ulla Berkéwicz, Hi, Wendy. In: Maria Maria. Drei Erzählungen. © Suhrkamp Verlag Frankfurt am Main 1988
Reinhold war noch nicht zehn, S. 136
Aus: Engel sind schwarz und weiß. Roman. © Suhrkamp Verlag Frankfurt am Main 1992

THOMAS BERNHARD (1931-1989)
Am Abend des Sechsundzwanzigsten, S. 85
Aus: Thomas Bernhard, Beton. © Suhrkamp Verlag Frankfurt am Main 1982
Erschütterung, S. 132
Aus: Gesammelte Gedichte. Herausgegeben von Volker Bohn. © Suhrkamp Verlag Frankfurt am Main 1991

PETER BICHSEL (1935)
Bemerkung zum Engagement, S. 139
Aus: Peter Bichsel, Geschichten zur falschen Zeit. © Hermann Luchterhand Verlag Darmstadt und Neuwied 1979. Abdruck mit freundlicher Genehmigung des Luchterhand Verlages
Kehba, S. 144
Aus: Zur Stadt Paris. Geschichten. © Suhrkamp Verlag Frankfurt am Main 1993

WOLF BIERMANN (1936)
Ermutigung, S. 66
Aus: Wolf Biermann, Mit Marx- und Engelszungen. © Verlag Klaus Wagenbach Berlin 1965. Abdruck mit freundlicher Genehmigung des Wagenbach Verlages

ERNST BLOCH (1885-1977)
Träume wollen ziehen, S. 45. Wer sind wir, S. 54
Aus: Ernst Bloch, Gesamtausgabe in sechzehn Bänden. Fünfter Band: Das Prinzip Hoffnung. © Suhrkamp Verlag Frankfurt am Main 1959
Not lehrt denken, S. 83. Fragendes Kind, S. 138
Aus: Gesamtausgabe in sechzehn Bänden. Zehnter Band: Philosophische Aufsätze zur objektiven Phantasie. © Suhrkamp Verlag Frankfurt am Main 1985

ELISABETH BORCHERS (1926)
Der Olivenbaum im Garten Gethsemane, S. 13
Aus: Elisabeth Borchers, Wer lebt. Gedichte. © Suhrkamp Verlag Frankfurt am Main 1986
Schlaf, Kindlein, schlaf. S. 39
Aus: Das Insel-Buch der Träume. Ausgewählt von Elisabeth Borchers. © Insel Verlag Frankfurt am Main 1975

BERTOLT BRECHT (1898-1956)
Mühsal der Besten, S. 73. Wenn Herr K. einen Menschen liebte, S. 119
Aus: Bertolt Brecht, Geschichten. © Suhrkamp Verlag Frankfurt am Main 1962
Der Zweifler, S. 79. Morgens und abends zu lesen, S. 103. Erinnerung an die Marie A., S. 113
Aus: Gedichte in einem Band. © Suhrkamp Verlag 1981

E. M. CIORAN (1911)
Erst wenn wir das Schweigen der Dinge vernehmen, S. 33
Aus: E. M. Cioran, Von Tränen und von Heiligen. Aus dem Französischen von Verena von der Heyden-Rynsch. © Suhrkamp Verlag Frankfurt am Main 1988
Das einzige, was den Menschen noch retten kann, S. 33
Aus: Auf den Gipfeln der Verzweiflung. Aus dem Rumänischen von Ferdinand Leopold. © Suhrkamp Verlag Frankfurt am Main 1989

DENIS DIDEROT (1713-1784)
Kaum bin ich vier Tage hier, S. 130
Aus: Denis Diderot, An Sophie Volland (31.7.1759).
In: Insel-Almanach auf das Jahr 1984. Herausgegeben von Horst Günther. © Insel Verlag Frankfurt am Main 1983

ALFRED DÖBLIN (1878-1957)
Was Handeln ist, S. 74
Aus: Alfred Döblin, Unser Dasein. © Walter-Verlag Olten und Freiburg im Breisgau 1964. Abdruck mit freundlicher Genehmigung des Walter-Verlages.

HANS MAGNUS ENZENSBERGER (1929)
In höheren Lagen gewittrige Störungen, S. 23
Aus: Hans Magnus Enzensberger, Zukunftsmusik. © Suhrkamp Verlag Frankfurt am Main 1991
erinnerung an die sechziger jahre, S. 30. schwierige arbeit, S. 88
Aus: Blindenschrift. © Suhrkamp Verlag Frankfurt am Main 1964

MAX FRISCH (1911-1991)
Fragebogen, S. 56
Aus: Max Frisch, Tagebuch 1966-1971. © Suhrkamp Verlag Frankfurt am Main 1972
Diskussion mit der Studentenschaft, S. 90. Ein Freund, ein verehrter, S. 93. Du bist eine Frau, S. 117
Aus: Tagebuch 1946-1949. © Suhrkamp Verlag Frankfurt am Main 1950

KHALIL GIBRAN (1883-1931)
Von der Arbeit, S. 70. Von Vernunft und Leidenschaft, S. 86. Von den Kindern, S. 137
Aus: Khalil Gibran, Der Prophet. Wegweiser zu einem sinnvollen Leben.

© Walter-Verlag Olten und Freiburg im Breisgau 1977. Abdruck mit freundlicher Genehmigung des Walter-Verlages.

PETER HANDKE (1942)
Darauf, nach einer langen Pause, S. 14
Aus: Peter Handke, Die Abwesenheit. Ein Märchen. © Suhrkamp Verlag Frankfurt am Main 1987

HEINRICH HEINE (1797-1856)
Traum, S. 42. Ich hab mir lang den Kopf zerbrochen, S. 114
Aus: Heinrich Heine, Sämtliche Gedichte in einem Band. Herausgegeben von Klaus Briegleb. © Insel Verlag Frankfurt am Main 1993

HERMANN HESSE (1877-1962)
Damit das Mögliche entsteht, S. 73. Das Leben stellt jedem . . ., S. 143
Aus: Hermann Hesse, Lektüre für Minuten. Gedanken aus seinen Büchern und Schriften. Ausgewählt und zusammengestellt von Volker Michels. © Suhrkamp Verlag Frankfurt am Main 1971
Es gibt für Jeden keinen andern Weg, S. 125
Aus: Eigensinn macht Spaß. Individuation und Anpassung. Ein Lesebuch, zusammengestellt von Volker Michels. © Suhrkamp Verlag Frankfurt am Main 1986

ÖDÖN VON HORVÁTH (1901-1938)
Die Ballade von der großen Liebe, S. 118
Aus: Ödön von Horváth. Gesammelte Werke in vierzehn Bänden. Herausgegeben von Traugott Krischke unter Mitarbeit von Susanna Foral-Krischke. Vierzehnter Band: Ein Kind unserer Zeit. © Suhrkamp Verlag Frankfurt am Main 1985

BOHUMIL HRABAL (1914)
Und so saß ich im goldenen Tiger, S. 46
Aus: Bohumil Hrabal, Die Zauberflöte. Aus dem Tschechischen von Susanna Roth. © Suhrkamp Verlag Frankfurt am Main 1990

FRANZ KAFKA (1883-1924)
Nach tagelangen ununterbrochenen Kopfschmerzen, S. 53. Ergebnis des Tages. . ., S. 73. In mir kann ganz gut eine Konzentration, S. 133
Aus: Franz Kafka, Tagebücher 1910-1923. Herausgegeben von Max Brod. © S. Fischer Verlag Frankfurt am Main 1986

ANDRÉ KAMINSKI (1923-1991)
Heute beginnt die zweite Hälfte meines Lebens, S. 107
Aus: André Kaminski, Nächstes Jahr in Jerusalem. Roman. © Insel Verlag Frankfurt am Main 1986

IMMANUEL KANT (1724-1804)
Aufklärung ist der Ausgang, S. 91
Aus: Immanuel Kant, Werke in zwölf Bänden. Herausgegeben von Wilhelm Weischedel. Elfter Band: Schriften zur Anthropologie, Geschichtsphilosophie, Politik und Pädagogik I. © Insel Verlag Frankfurt am Main 1964

MARIE LUISE KASCHNITZ (1901-1974)
Gelassene Natur, S. 17
Aus: Marie Luise Kaschnitz, Gesammelte Werke. Herausgegeben von Christian Büttrich und Norbert Miller. Fünfter Band: Die Gedichte. © Insel Verlag Frankfurt am Main 1985

GÜNTER KUNERT (1929)
Ikarus 64, S. 64
Aus: Günter Kunert. Verkündigung des Wetters. Gedichte. © Carl Hanser Verlag München und Wien 1966. Abdruck mit freundlicher Genehmigung des Hanser Verlages.

ANGELES MASTRETTA (1949)
Zehn Jahre lang, S. 97
Aus: Angeles Mastretta, Frauen mit großen Augen. Aus dem Spanischen von Monika López. © Suhrkamp Verlag Frankfurt am Main 1992

FRIEDERIKE MAYRÖCKER (1924)
Was gibt uns denn noch Aufschwung, S. 12. In jenen süßen warmen Zustand ..., S. 112
Aus: Friederike Mayröcker, Gesammelte Prosa 1949-1975. © Suhrkamp Verlag Frankfurt am Main 1989

CHRISTIAN MORGENSTERN (1871-1914)
Für viele, S. 36. Dulde, trage, S. 59. Nachts im Wald, S. 135
Aus: Christian Morgenstern, Jubliäumsausgabe in vier Bänden. Herausgegeben von Clemens Heselhaus. Zweiter Band: Melancholie, Einkehr und andere Dichtungen. © R. Piper Verlag München und Zürich 1979

FRIEDRICH NIETZSCHE (1844-1900)
Aber auch wenn uns die Zukunft, S. 126
Aus: Friedrich Nietzsche, Sämtliche Werke in zwölf Bänden. Zweiter Band: Unzeitgemäße Betrachtungen. © Alfred Kröner Verlag Stuttgart 1964

CEES NOOTEBOOM (1933)
Für das, was nun folgt, S. 26
Aus: Cees Nooteboom, In den niederländischen Bergen. Roman. Aus dem Niederländischen von Rosemarie Still. © Suhrkamp Verlag Frankfurt am Main 1987

AMOS OZ (1939)
»Man muß nicht alles wissen.«, S. 18
Aus: Amos Oz, Der Berg des Bösen Rates. Aus dem Hebräischen von Ruth Achlama. © Suhrkamp Verlag Frankfurt am Main 1993

OCTAVIO PAZ (1914)
Die Liebe ist eines der leuchtendsten Beispiele, S. 104
Aus: Octavio Paz, Das Labyrinth der Einsamkeit. Essay. Aus dem Spanischen von Carl Heupel. © Suhrkamp Verlag Frankfurt am Main 1974

MARCEL PROUST (1871-1922)
Die Perlen, S. 120
Aus: Marcel Proust, Freuden und Tage. Aus dem Französischen von Luzius Keller. © Suhrkamp Verlag Frankfurt am Main 1988

GERSHOM SCHOLEM (1897-1982)
Es ist hier jetzt der schönste Frühling, S. 29. Ich säume nicht, S. 129. Nun habe ich freilich, S. 134
Aus: Gershom Scholem, Briefe an Werner Kraft. Herausgegeben von Werner Kraft. © Suhrkamp Verlag Frankfurt am Main 1986

ARTHUR SCHOPENHAUER (1788-1860)
Lob der Heiterkeit, S. 25. Die echte Güte der Gesinnung, S. 78
Aus: Insel-Almanach auf das Jahr 1985

JOHANN GOTTFRIED SEUME (1763-1810)
Treibet die Furcht aus, S. 53. Ein gewöhnlich großer Mann, S. 84

Aus: Johann Gottfried Seume, Werke in zwei Bänden. Herausgegeben von Jörg Drews. Zweiter Band: Apokryphen. © Deutscher Klassiker Verlag Frankfurt am Main 1993

WISŁAWA SZYMBORSKA (1923)
Ich lehre das Schweigen, S. 34. Verliebte, S. 105
Aus: Wisława Szymborska, Hundert Freuden. Gedichte. Herausgegeben und übertragen von Karl Dedecius. © Suhrkamp Verlag Frankfurt am Main 1986

MARTIN WALSER (1927)
Ich will den nicht mehr sehen, S. 35. Ohne Hoffnung ..., S. 53
Aus: Martin Walser, Meßmers Gedanken. © Suhrkamp Verlag Frankfurt am Main 1985
Mut gibt es gar nicht, S. 63
Aus: Jenseits der Liebe. Roman. © Suhrkamp Verlag Frankfurt am Main 1976
Bloß nicht immer daran denken, S. 144
Aus: Die Verteidigung der Kindheit. Roman. © Suhrkamp Verlag Frankfurt am Main 1991

ROBERT WALSER (1878-1956)
Der Greifensee, S. 9
Aus: Robert Walser, Sämtliche Werke in zwanzig Bänden. Herausgegeben von Jochen Greven. Zweiter Band: Geschichten. © Suhrkamp Verlag Frankfurt am Main 1985
Das alles ist nicht so schlimm, S. 41. Sie schreiben mir, daß Sie sich ängstigen, S. 68
Aus: Sämtliche Werke in zwanzig Bänden. Dritter Band: Aufsätze. © Suhrkamp Verlag Frankfurt am Main 1985

MARINA ZWETAJEWA (1892-1941)
Mein »ich kann nicht«, S. 128
Aus: Marina Zwetajewa, Auf eigenen Wegen. Tagebuchprosa. Moskau 1917-1920, Paris 1934. Übersetzt von Marie-Luise Bott. © Suhrkamp Verlag Frankfurt am Main 1987

Inhalt

I Ermutigung: gelassen und heiter zu sein – und manchmal auch zu schweigen

ROBERT WALSER, Der Greifensee 9
FRIEDERIKE MAYRÖCKER, Was gibt uns denn noch Aufschwung 12
ELISABETH BORCHERS, Der Olivenbaum im Garten Gethsemane 13
PETER HANDKE, Darauf, nach einer langen Pause . 14
MARIE LUISE KASCHNITZ, Gelassene Natur 17
AMOS OZ, »Man muß nicht alles wissen.« 18
HANS MAGNUS ENZENSBERGER, In höheren Lagen gewittrige Störungen 23
ARTHUR SCHOPENHAUER, Lob der Heiterkeit . . . 25
CEES NOOTEBOOM, Für das, was nun folgt, kann ich mich nur schämen 26
GERSHOM SCHOLEM, Es ist hier jetzt der schönste Frühling 29
HANS MAGNUS ENZENSBERGER, erinnerung an die sechziger jahre 30
SAMUEL BECKETT, Ein Strand. Abend. Das Licht stirbt dahin. 32
E. M. CIORAN, Erst wenn wir das Schweigen der Dinge vernehmen 33
INGEBORG BACHMANN, Wenn Ivan und ich schweigen 33
WISŁAWA SZYMBORSKA, Ich lehre das Schweigen . . 34
MARTIN WALSER, Ich will den nicht mehr sehen. . . 35
CHRISTIAN MORGENSTERN, Für viele 36

II Ermutigung: zu träumen und zu hoffen

ELISABETH BORCHERS, Schlaf, Kindlein, schlaf . . . 39
ROBERT WALSER, Das alles ist nicht so schlimm . . 41
HEINRICH HEINE, Traum 42
ERNST BLOCH, Träume wollen ziehen 45
BOHUMIL HRABAL, Und so saß ich im Goldenen Tiger 46
INGEBORG BACHMANN, Auch ich habe in Arkadien gelebt 49
FRANZ KAFKA, Nach tagelangen ununterbrochenen Kopfschmerzen 53
JOHANN GOTTFRIED SEUME, Treibet die Furcht aus 53
MARTIN WALSER, Ohne Hoffnung, ergreift dich Geschäftigkeit. 53
ERNST BLOCH, Wer sind wir? 54
MAX FRISCH, Fragebogen 56
CHRISTIAN MORGENSTERN, Dulde, trage. 59

III Ermutigung: zu handeln

MARTIN WALSER, Mut gibt es gar nicht 63
GÜNTER KUNERT, Ikarus 64 64
WOLF BIERMANN, Ermutigung 66
ROBERT WALSER, Sie schreiben mir, daß Sie sich ängstigen 68
KHALIL GIBRAN, Von der Arbeit 70
BERTOLT BRECHT, Mühsal der Besten 73
HERMANN HESSE, Damit das Mögliche entsteht . . 73
FRANZ KAFKA, Ergebnis des Tages 73
ALFRED DÖBLIN, Was Handeln ist 74

ARTHUR SCHOPENHAUER, Die echte Güte der Gesinnung 78
BERTOLT BRECHT, Der Zweifler 79

IV Ermutigung: sich des Verstandes zu bedienen

ERNST BLOCH, Not lehrt denken 83
JOHANN GOTTFRIED SEUME, Ein gewöhnlich großer Mann 84
THOMAS BERNHARD, Am Abend des Sechsundzwanzigsten 85
KHALIL GIBRAN, Von Vernunft und Leidenschaft . 86
HANS MAGNUS ENZENSBERGER, schwierige arbeit . 88
MAX FRISCH, Diskussion mit der Studentenschaft . 90
IMMANUEL KANT, Aufklärung ist der Ausgang . . . 91
MAX FRISCH, Ein Freund, ein verehrter 93

V Ermutigung: zu lieben

ANGELES MASTRETTA, Zehn Jahre lang 97
BERTOLT BRECHT, Morgens und abends zu lesen . 103
OCTAVIO PAZ, Die Liebe ist eines der leuchtendsten Beispiele 104
WISŁAWA SZYMBORSKA, Verliebte 105
ULLA BERKÉWICZ, Sie aßen und tranken. 106
ANDRÉ KAMINSKI, Heute beginnt die zweite Hälfte meines Lebens. 107
INGEBORG BACHMANN, Was es an Aufregung noch gibt 111
FRIEDERIKE MAYRÖCKER, In jenen süßen warmen Zustand 112

BERTOLT BRECHT, Erinnerung an die Marie A. . . . 113
HEINRICH HEINE, Ich hab mir lang den Kopf zerbrochen 114
E. M. CIORAN, Das einzige, was den Menschen noch retten kann 115
MAX FRISCH, Du bist eine Frau 117
ÖDÖN VON HORVÁTH, Die Ballade von der großen Liebe 118
BERTOLT BRECHT, Wenn Herr K. einen Menschen liebte 119
MARCEL PROUST, Die Perlen 120

VI Ermutigung: den eigenen Weg zu gehen

HERMANN HESSE, Es gibt für Jeden keinen 125
FRIEDRICH NIETZSCHE, Aber auch wenn uns die Zukunft 126
MARINA ZWETAJEWA, Mein »ich kann nicht« 128
GERSHOM SCHOLEM, Ich säume nicht 129
DENIS DIDEROT, Kaum bin ich vier Tage hier . . . 130
THOMAS BERNHARD, Erschütterung 132
FRANZ KAFKA, In mir kann ganz gut eine Konzentration 133
GERSHOM SCHOLEM, Nun habe ich freilich 134
CHRISTIAN MORGENSTERN, Nachts im Wald 135
ULLA BERKÉWICZ, Reinhold war noch nicht zehn . 136
KHALIL GIBRAN, Von den Kindern 137
ERNST BLOCH, Fragendes Kind 138
PETER BICHSEL, Bemerkung zum Engagement . . . 139
HERMANN HESSE, Das Leben stellt jedem eine andre 143
MARTIN WALSER, Bloß nicht immer daran denken . 144
PETER BICHSEL, Kehba 145